AF607468

UN SILENCIO INSUPERABLE

HERNÁN KOZAK CINO

Aliarediciones

Corrección: Eladia Guerrero
Diseño de cubierta: Pablo Arellano
Maquetación: Aliar Ediciones

Depósito Legal: GR 1804-2025
ISBN: 979-13-88058-31-8

Impreso en España

Edita
ALIAR Ediciones
www.aliarediciones.es
info@aliarediciones.es

UN SILENCIO INSUPERABLE

HERNÁN KOZAK CINO

Para Carlos Guadalix Hidalgo,
por su maestría y su cronometrado amor por la lectura.

«Aunque todos los elementos de un problema parezcan ordenarse como las piezas de un rompecabezas, habremos de recordar que lo posible no es necesariamente cierto, ni la verdad siempre es probable».

Moisés y la religión monoteísta. Sigmund Freud

La lluvia siempre habla de nosotros.

Hugo camina por Buenos Aires con la nostalgia golpeándole los talones. Es domingo, aún mantienen la tradición de encontrarse con la familia.

El transcurso de los años puede conllevar ciertos cambios de costumbres, algunos los vivirán con tristeza y para otros simplemente serán algo del pasado que ya no tendrá tanta importancia.

A él le seguía gustando encontrarse con ellas.

La casa tenía el encanto de los relojes detenidos un día feliz del siglo pasado.

Estaban su madre y su hija, las cuales sellaban una de esas relaciones que hasta la muerte sabe que serán eternas.

Dentro de unos años la nieta recordará a su abuela, viajará a esa tarde de abril donde jugaban mezclando cartas y risas, hará una reflexión sobre lo vivido y en ese momento sonreirá.

Nunca les contó el verdadero motivo de su vuelta, después de la segunda mentira no preguntaron más, aunque de alguna forma sabían que fue por ellas y que lo que le aterraba nunca llegó a suceder.

—Siéntese, mijo —le dijo con severidad y dulzura.

No había olvidos, ni torpes movimientos, ni emociones que escaparan del control. En ese momento ella volvía a ser mayor que él.

—Tiene que regresar a España. Nos ha encantado su visita, pero debe irse, probar, descubrir cuál es su sitio y luego decidir.

Hugo se quedó como suspendido en el aire por sorpresa.

—¿Qué dice, viejita? Este es mi lugar.

—Nosotras le agradecemos mucho que viniera, pero ya ve, tenemos nuestras vidas, nos acompañamos, nos vamos arreglando. No le hace bien seguir acá.

Su hija permanecía callada, con un gesto de complicidad en el rostro que mostraba que estaba de acuerdo con esas palabras.

Hugo no recordaba haber tenido una conversación tan difícil como aquella. Por un lado, sabía que acertaba, y por otro, pensaba en la distancia con Europa y sangraba la herida al imaginarse lejos.

Esa conversación inesperada, esa generosidad que ordenaba los límites, ese amor, la idea de volver, hicieron que algo se tranquilizara en él.

***

Tenía las pestañas como alas pegadas a los sueños. Transitaba tanto tiempo por las redes que a veces se preguntaba cuál era el mundo real.

Quino la rescató de los prejuicios de sus compañeros de trabajo y de sí misma.

Fue una de esas decisiones que con el paso de los años certificó como un gran acierto.

Verónica le trajo la energía y la luz que la juventud regala sin mirar a quién, le ofreció el universo de la tecnología, enriqueciendo sus maneras medievales.

Él le dio un espacio donde ella se sentía importante, valorada. Le aportó confianza y cariño.

También de vez en cuando un empujoncito en la espalda para que levantara la cabeza y no tropezara con la gente al caminar.

***

Cuando se repite lo mismo y es diferente, él lo sabe, ha comenzado la partida.

Los buzones que hay en todas las casas son como almacenes abandonados que terminaran por sustituir, es parecido a esos teatros y cines que eran el alma de la ciudad y ahora son tiendas de ropa que nos llevan a vestir a todos de la misma manera.

Alguien que se resiste al correo electrónico y a quien el banco aún le notifica por carta, sigue mirando cada vez que sale a la calle si en esa cueva fría hay algo diferente a la propaganda de comida rápida del barrio.

Ese día, la insistencia de Quino tuvo su recompensa. La falta de costumbre lo puso nervioso y quiso abrir rápido el cofre del tesoro, pero al ir a hacerlo escuchó una voz detrás de él.

—«Y yo oigo la risa de los muertos debajo de la tierra» es el último verso con el que me puso a prueba, ¿verdad, señor Velarde?

—No se haga el interesante, Antón, un poco más de humildad.

—¿Le molesta que lo vaya a acertar tan rápido?

—Bueno, aún no ha dicho nada, ¿de quién es? —contestó Quino, sin querer reconocer del todo que sí estaba algo enfadado por la velocidad del portero.

—Es de Vicente Huidobro. ¿O no?

—Sí, sí que lo es. ¿Tiene usted algo para mí?

—Claro, ahora se lo digo. Espero que no le resulte muy complicado. No me gustaría incomodarlo más aún.

—Vamos, que no tengo todo el día.

— «Y de noche, la luna, al disgregarse en el canal, finge un enjambre de peces plateados alrededor de una carnaza».

Quino y Antón, el portero de su casa, seguían con uno de sus juegos favoritos, adivinar el autor de los versos que el otro ponía sobre la mesa.

También les gustaba el fútbol, eran de equipos rivales, muy rivales, aunque esto, según el resultado del fin de semana, les servía sobre todo para lanzar sutiles golpes en el estado de ánimo del otro.

Muchos nunca lo reconocerán, pero sin un enemigo fuerte se corre el riesgo de caer en una siesta interminable.

***

Cuando partes en mil mitades una palabra puedes escuchar ese segundo en que la oscuridad evita sus calles.

Hay momentos en los que se siente extraño en la consulta del psicoanalista, aunque para él es algo habitual, no termina de acostumbrarse, quizá porque es difícil compartir esa experiencia con alguien, porque nunca ha tenido del todo claro el motivo por el que sigue siendo fiel a esa cita.

—¿En voz alta cómo sería?

—Nada, me sorprende el ser humano. Algunos tienen esa capacidad de permanecer, de seguir luchando más allá de las adversidades que les trae la vida, y otros no pueden ni comenzar la batalla.

—¿Y usted qué elige?

—Supongo que depende de la situación. Hay veces que me siento más fuerte, otras que solo quiero irme a dormir y que todo pase. Es como si hubiera gente capaz de superar cualquier examen y otros para los que siempre es difícil. La verdad, no sé bien de qué estoy hablando. Es complejo. ¿Y si me pasara toda la sesión callado?

—Parece que usted cree que siempre que habla está hablando y que cuando calla nunca dice nada. Le diré que hay silencios que son insuperables. Tal vez si deja de ponerme a prueba pueda tumbarse en el diván. Continuamos la próxima.

***

La sangre a veces tiene ciertos recelos con esas amistades que no saben de tiempo ni de distancia y que nos reconcilian con la vida cada vez que nos permitimos esos encuentros.

—He traído dos botellas de Rutini, un vino argentino de Mendoza, y una historia —dijo Gómez, compañero en la academia de policía, hasta que un caso que les tocó llevar juntos les mostró lo diferentes que eran sus maneras de pensar frente a ciertas recomendaciones de los jefes y se distanciaron.

Años después se dieron cuenta, aunque fueran agua y aceite cuando de una orden conflictiva se trataba, de que aquello que los unía era más fuerte que lo que los separaba.

Esta verdad era de fuego, aunque debían recordársela cada cierto tiempo.

A fin de cuentas la gente que permanece a tu lado es la que importa.

—He preparado un estofado de carne en la olla de cocción lenta. Siete horas. Lo hice ayer. Este tipo de guisos cuando te ganan el corazón es al día siguiente —le explicó Quino, y luego le dijo—: Siempre enseñándote cosas nuevas. ¿Y tú qué tienes para contarme?

—Hace dos días detuvieron a un tipo que estaba borracho por haber destrozado un espejo retrovisor y dos ventanas de un Audi.

—Increíble. Supongo que eso os traerá un éxito internacional y a partir de ahora será más difícil verte, pues estarás todo el año dando conferencias desde una punta a otra del mundo.

—Cállate y escucha. El susodicho declaró que iba caminando de vuelta para su casa cuando, desde el segundo piso del edificio por el que pasaba, un hombre le empezó a insultar sin venir a cuento, le llamó muerto de hambre y le dijo que no se acercara con sus sucias manos al coche negro. Con lo que, claro está, al tipo le faltó tiempo para destrozarlo.

—¿Y?

—Interrogamos al «supuesto provocador», el cual lo negó todo, manifestó que pasó la noche durmiendo y que no escuchó nada.

—¿Pero?

—Nos explicó incluso que no sabía conducir, por lo cual ¿para qué iba a tener un automóvil?

—No lo entiendo.

—Hemos sabido que ese A3 era del presidente, su vecino de arriba, y que hace poco habían tenido varias discusiones por un problema con la comunidad. El «presunto detonador» de todo esto vive con su madre, le había solicitado al administrador poner una rampa en el portal de la casa, que pudieran utilizar las persona con discapacidad, pero al parecer entre unos y otros le habían estado dando largas.

—Pero...

—Tenemos claro lo que sucedió, aunque no lo hemos podido demostrar, y ya sabes... lo que no se prueba no existe.

—Muy curioso, muy curioso. Lo que sí se puede demostrar es el sabor de la comida. ¿Está rica, verdad?

—Casi tanto como el vino.

Solo hay algo mejor que una buena mesa, y es con quién la compartes.

***

¿Cuántas veces las paredes del viento gritaron tu nombre?

Silvia, la mujer a la que Quino Velarde define como su hogar, se ha quedado dormida delante de la pantalla del móvil.

—A partir de mañana, cuando me vaya a dormir no lo miro más, ni para ver la hora. Se acabó esta moderna condena —dice sabiendo que será una promesa difícil de cumplir.

***

Quino escucha un concierto de Sabina grabado en el Gran Rex. Se sienta y escribe.

Y uno cree que las cosas son para siempre hasta que la vida se cobra su primer peaje y nuestra inocencia empieza a deshacerse.

Sin darnos cuenta estamos dentro de la película Caballos salvajes *y somos como Alterio, sobre un camino de versos y arena, gritándole al universo «La puta, que merece la pena estar vivo».*

Lo que antes era un sinsentido ahora parece una melodía que acierta en cada acorde.

Y cinco segundos después... otro golpe, otra espera... y cinco segundos después otra alegría, otro comienzo.

***

Según la hora que sea, Madrid es para unos u otros.

Los tres hermanos han terminado de cenar en el KAA Madrid, en Víctor Andrés Belaúnde.

Julieta, la hermana mayor, es la que promueve esos encuentros.

Se marchó y ahora ha vuelto, no los abandonó, se fue porque no aguantaba más, quería un cambio de aires, intentar una nueva aventura, tener una vida por sí misma. Aunque la fuerza o el dinero solo le duraron un año y decidió regresar, no puede dejar de pensar, aunque sus hermanos nunca se lo han reprochado, que de alguna manera los dejó perdidos a su suerte.

Pedro, el mediano, acude a esos encuentros porque quiere a sus hermanos y porque no pierde una oportunidad para salir. Es impulsivo, un broncas, si una semana no tiene una pelea con alguien no se encuentra cómodo consigo mismo.

No sabe olvidar y tampoco sabe qué hacer con lo que recuerda.

Jorge, el pequeño, al que todos cuidan. Siempre intenta demostrar que no necesita tanta protección, que tiene ideas propias, como si alguien que no está atado a nada pudiera tenerlas.

***

¿Qué pasa cuando se abren los candados que no estaban cerrados?

Llaman a la puerta, ella supone que es el nuevo teclado que encargó el día anterior. Es cierto que ahora se ha normalizado un poco todo, hace un tiempo caían los mensajeros a cualquier hora.

Al abrir se encuentra con Hugo. Cuando se fue dejó un silencio que hasta hace unos meses ella no había podido dejar de escuchar.

—¿Qué tal, Verónica? —dijo, sujetando su cuerpo a una nada de piedras mojadas.

—¿Pero qué haces tú aquí? ¿Cómo...? ¿Cuándo...? ¿Por qué no nos dijiste que volvías?

—Yo...

Hay caminos que son muy difíciles de recorrer. Sobre todo cuando llegan desde el fondo de la casa ruidos que podrían ser tuyos, pero no lo son, y una voz desconocida pregunta: «¿Quién es, cariño?».

***

No importa la época del año que sea, a las siete de la mañana la ciudad siempre tiene el frío metido en los huesos.

Quino es un hombre de costumbres, enciende la radio y comienza a ducharse, se afeita y se prepara un café, diez minutos después ya se le puede calificar como una persona.

Toma la carta que había recibido y la relee: «Estimado señor Velarde, lamentablemente ha llegado el momento de cumplir con su parte del contrato, estos dos años me ha tocado a mí, pagándole lo estipulado, y ahora le toca a usted; tal y como pactamos, debe investigar mi muerte. Si no encuentra nada extraño, podré descansar tranquilo, y si algo descubre y lo resuelve, me hará el hombre más feliz del mundo».

¡Qué sentido del humor tenía el viejo!, piensa. Y después recuerda su último encuentro con Antón y, sonriendo, como si estuviera acompañado de espectadores invisibles, dice: «Huidobro era un genio».

***

Las olas del mar son como hélices que despiertan la madrugada.

Todo se veía tan aséptico y amplio que lo único que se podía intuir era que en ese despacho el dinero se sentía cómodo, pues pocas veces le preguntaban por su árbol genealógico.

—¿Qué quiere decir «congelado»? Y ¿quién cojones es ese Quino Velarde?

—«Congelado» quiere decir que hay una cláusula para que el testamento no se haga efectivo hasta que el Sr. Velarde, que es un detective privado, presente un informe sobre el fallecimiento de vuestro tío.

—No me jodas. ¿O sea que no podemos repartirnos lo que nos corresponde, hasta que no lo diga ese tipo?

El gerente tomó una vez más la palabra.

—Solo puedo ratificar que por ahora los bienes son intocables. Hay que esperar el resultado de la investigación. Si colaboran, todo será más rápido. Hace setenta y dos horas que murió y ya estamos aquí hablando de la herencia, me parece que vamos a buen ritmo. No se pongan nerviosos.

***

La imaginación se detiene un segundo antes de que algo cambie.

Tenían la sensación de que les había tocado la lotería y tal vez hubieran perdido el billete premiado.

Cuando se quedaron solos comenzaron a hablar.

—¿Has hecho algo fuera del plan? —le preguntó Julieta a Pedro.

—Pero ¿qué estás diciendo? —le dijo Jorge asombrado.

—Calla, que conteste él.

—¿Y tú?

—¿Crees que sospecha de nosotros?

—Sé lo mismo que tú. No tenemos la pasta y hasta que esto no se aclare no parece que vayan a dárnosla.

—¿Pero qué os pasa a los dos? Ahora es cuando más unidos tenemos que estar.

***

A veces los puntos cardinales coinciden en el mismo calendario.

Están contentos, algo nerviosos, los dos se saben grandes para hacer más difícil una situación que ya lo es de por sí. No quieren perder el tiempo pero ciertas conversaciones deben comenzar por alguna puerta común protegida por las elementales normas de cortesía.

—¿Qué tal tu madre y tu hija? —pregunta Quino.

—Bien, están bien. Más inteligentes que yo. Ellas me pidieron que volviera acá. Las quiero tanto —contesta Hugo, emocionado.

—¿Y tú cómo estás?

—No sé, por un lado quería quedarme en mi país, por otro entendí lo que me dijeron, aunque no es fácil. Lo primero que hice al llegar es ir a ver a Verónica, pero no pudimos hablar, había otro tipo.

—Sí, sale con Javier, un chaval muy majo.

—No sé, no llegué a conocerlo, me marché rápido. España esta vez no me ha recibido bien.

—No digas tonterías, te fuiste. Bueno, más bien huiste, no nos dejaste ni ir a despedirte. ¿Qué querías que hiciera? ¿Que te guardara los santos?

—Es cierto, no estuve bien, pero ahora busco mi lugar y dudo sobre dónde carajo estará.

—No fue lo que hiciste, sino cómo lo hiciste.

—La concha de tu vieja, Quino, soltame, casi no puedo respirar.

Se dieron un abrazo que diluyó ese sabor amargo que cada tanto se produce en las conversaciones de los amigos de verdad.

—¿Tienes dónde quedarte?

—Sí, me alquilé otra vez casa en Miraflores.

—Genial, te doy cuarenta y ocho horas, saludas a Aleixandre, te tomas unas cañas, un paseo por la montaña y el lunes te quiero aquí, tenemos un nuevo caso.

—Puedo venir el domingo si quieres.

—No te preocupes, tengo la sensación de que nuestro cliente no nos va a meter prisa.

***

Quino escucha «Mediterráneo» de Serrat, se sienta y escribe.

Todo a la vez. Vuelve Hugo, tenemos un nuevo caso. Y parece que nada será fácil.

Por un lado me gustaría que los dos estén bien, no quiero que se hagan daño, no sé si podrán trabajar juntos. Los cuidaré todo lo que pueda, lo que me dejen.

Y esa investigación tan extraña, tan sin sentido. Ya sé, contamos con material sensible, el ser humano, pero reconozco que me cuesta acostumbrarme a las mareas cuando venimos de un tiempo de calma. Supongo que todo es comenzar.

***

Los fantasmas de la noche cantan a ras de suelo.

Un tipo cansado de las excusas de sus clientes lo observa atentamente.

—Hoy no te puedo pagar como te prometí. El viejo ha muerto, te juro que algo me caerá, pero por ahora está todo parado. Calculo que en unas semanas estará el tema solucionado y podré darte el doble de lo que os debo. Ya me conoces, siempre pago.

***

No somos tan distintos ni tan parecidos unos de otros.

Verónica camina por Príncipe de Vergara, casi esquivando a la gente, casi esquivando a la vida.

Tiene un problema con el nuevo encargo de Quino. Hay mucha información en las redes y no sabe qué parte preparar y entregar.

No quiere preguntarle, le parece que ahora le corresponde a ella. Tiene que dejarse llevar y seguir su instinto, no pensar tanto.

De repente a lo lejos ve a Hugo, el corazón se le acelera, una contradicción del tamaño de un primer sueño le rodea el cuerpo; antes de decidir si huye o se queda a saludar, vuelve a mirar. No es él.

Su deseo le ha jugado una mala pasada.

***

Hay ciertos andamios en nuestra vida que, de no darnos cuenta de que lo son, nos pueden llevar a perder el equilibro. Si los descuidamos, el golpe de realidad será de una crueldad definitiva.

—Argento, ¿has vuelto?

—Hace unos días. Siento no haber venido antes. ¿Cómo andas?

—Pues me pillas de milagro, he estado esquiando toda la semana —le dice Tony, siempre sorprendiendo a Hugo. Vivir en la calle no le hace perder la sonrisa—. ¿Estás con algún caso interesante?

—Aún no. Estoy aprovechando para ver a los amigos antes de empezar.

—Ya veo, ya.

Dicen que Quino habla con los muertos, pero parece que Hugo aún no lo sabe. No le diré nada, piensa.

—Bueno, bueno, pues ve aterrizando, que tú conoces cómo es esto, de la noche a la mañana te piden que hagas un asado, que pases el mate o te cantes unos tangos.

—¿Algún tópico más?

—Dulce de leche, Freud, Gardel, Maradona, Messi, Cortázar y Borges... ¿sigo?

—Toma, te traje unos alfajores, tus preferidos, los de chocolate.

***

Es viernes, son las cinco de la tarde. Luisa va a buscar a sus hijos al colegio. Es tal la alegría y la fuerza que hay en el patio por la llegada del fin de semana que se contagia y por unos segundos ella vuelve a ser pequeña y siente esa felicidad que te da haber terminado las clases y tener tiempo para jugar con tus amigos, sabiendo que al menos hay dos días y medio para hacer lo que quieras.

***

Los amantes casi siempre encuentran el punto débil de la prisión.

Cuando la vida viene con un gesto difícil, cuando se multiplican las paredes de piedra como murallas, no de defensa, sino acortando los caminos, y uno se esconde en su propio nombre, cuando el tiempo tiene descolorida la mirada, cuando la soledad te quema lejos de la piel, hace bien, hace muy bien, poder hablar con alguien que entienda que quieras escapar.

Las casas muchas veces se parecen a sus dueños o tal vez al momento que les toca vivir.

Hoy las fronteras son de Silvia, dos o tres rincones que te piden que abras un libro y seas el protagonista de ese viaje atemporal, o quizá que todo comience con una pregunta.

—¿Qué tal Hugo?

—Llegando. No sé si por ingenuidad o porque deseaba que fuera así, quería volver al mismo lugar del que se marchó. No se dio cuenta de que las cosas cambian —contestó Quino.

—¿Ha ido a ver a Verónica?

—Fue lo primero que hizo, pero...

—Pero... se encontró con Javier.

—Sí, justo.

—Pobre. Aunque creo que para ella tampoco habrá sido fácil.

—¿Te ha contado algo?

—La he llamado varias veces y nada, por eso creo que no está bien.

—Es difícil, hay que darles algo de tiempo.

—Sin que sirva de precedente, estoy de acuerdo contigo. Anda, cuéntame eso que me dijiste de la señora del autobús, me tienes intrigada.

—¿En serio? No es nada, pero me llamó la atención. La invité a sentarse, llevaba ya dos paradas en pie y nadie le había cedido el sitio. Es verdad que parecía que no lo necesitaba, pero también era evidente que sus años decían otra cosa, noventa me dijo que tenía. De una manera muy amable me dio las gracias y me contestó que no, que se bajaba en la siguiente, y me contó un secreto que le había dicho una amiga suya, y era que para el invierno se tenía que comprar pantalones de hombre, pues abrigaban mucho y eran algo más baratos que los de mujer.

—Qué tierna —dijo Silvia, mostrándose enamorada de los mayores que tienen el triple energía que algunos jóvenes que parecen estar de vuelta de todo sin haber ido a ninguna parte.

***

Aquel despacho donde tantas veces habían intercambiado ideas, desde donde partían para adentrarse en historias rotas por las que transitaba el delito, otra vez levantaba el telón para recibir a los invitados.

—¿Una taza de café, Hugo?

—Sí, por favor. Aquí traje unos tomates de la huerta de un vecino, tenés que probarlos.

—¿De Miraflores?

—Sí, sí. Detrás de esa apariencia de pueblo de montaña se esconden muy buenos hortelanos.

—Qué bien hablas. Te vas haciendo a la zona.

—Dejame de joder, Quino. Cuando te hayas preparado una ensalada me vas a pedir que te traiga todas las semanas.

—Vale, vale. Escúchame, tenemos trabajo. Te lo resumo. Hace dos años el señor Francisco García vino a vernos, quería contratarnos para que si llegaba a ocurrirle algo nos ocupáramos del caso e investigáramos hasta descubrir lo que había sucedido, a cambio cada mes nos pagaba una buena cantidad de dinero. Ha llegado el momento de cumplir con nuestra parte.

—¿Una especie de iguala?

—Algo parecido.

—¿Y qué es lo que ha pasado?

—Aún no lo sabemos, estamos esperando que Gómez nos dé más detalles.

—¿Y mientras tanto qué hacemos nosotros?

—La única familia que tenía eran tres sobrinos. Ahora vendrá uno de ellos. Quiero que los conozcamos.

***

Quien no tenga secretos quizá sea lo único que tenga.

Pedro llegó puntual a la cita, pantalones ajustados, de esos que luchan por estirarse, pero resulta imposible que bajen más allá de los tobillos; camiseta blanca y una chaqueta pegada a la piel que señalaba que el gimnasio no era solo un lugar de paso.

Si hubiera sido más joven esa ropa no hubiera hablado tanto de él, pero a veces no podemos evitar denunciarnos a nosotros mismos, y más si quien nos mira no se deja engañar por los disfraces de la duda.

Tenía una agresividad mal entendida quizá contra el paso del tiempo, quizá contra los sueños perdidos en el camino.

—Buenos días, soy Quino Velarde y él es mi compañero Hugo Rossi. Como ya sabe, queremos hacerle algunas preguntas sobre su tío.

No les dio la mano, se sentó frente a ellos y se quedó esperando. Parecía un volcán con la paciencia de un segundo mal contado.

—¿Cómo era la relación entre ustedes?

Primera pregunta rápida, nada de hablar del frío o del calor de esa semana. Se dieron cuenta de que estaba tenso y quisieron aprovecharlo.

Se puso de pie, dándole un manotazo a una botella de agua que pasó rozando la silla de Quino, y les contestó al borde del grito.

—Vine porque me lo pidió el gerente, pero no quiero saber nada de ustedes. Solo me interesa que terminen su trabajo, cobrar lo que es mío y marcharme. —Se sentó apuntando con el índice de su mano derecha y siguió hablando—. Déjennos en paz, no tenemos nada que decir. Me voy a ir.

Hugo, sin moverse del sitio, lo sujetó con la mirada y le dijo:

—Che, guacho, lo llegás a tocar y te rompo el alma. Te me calmás. No te conviene hacerte el guapo con nosotros. Agarrás la botella y la dejás donde estaba, después te sentás. Si el Sr. Velarde te pregunta algo, aunque solo sea la hora, le contestás tranquilo, con educación. Él decide cuándo termina esto. ¿Entendiste, pibe?

Pedro era un tipo nervioso, pero cuando la situación se ponía difícil leía rápido las coordenadas. No era la primera vez que la realidad lo invitaba a retroceder.

***

Pasada la tormenta, la playa escondida de sí misma espera la llegada de un nuevo día.

—¿Cómo era la relación entre ustedes? —le insistió Quino, una vez hechas las presentaciones.

—Mala, no nos caíamos bien. Él siempre fue un egoísta, un tirano, no le gustaba la familia, cuando mi madre necesitó ayuda no se la dio y eso nunca se lo perdonamos.

—¿Usted y quién más?

—Mis hermanos.

—¿Y sin embargo trabajaban para él?

—Cada día me arrepiento de haber seguido a su lado, pero hace mucho frío fuera. Julieta lo intentó, pero volvió, no es fácil.

—¿Qué hacía concretamente en sus empresas?

—Era como un asistente personal.

—¿Llevándose tan mal como dice?

—Él era un hijo de puta pero yo necesitaba el dinero.

—Qué extraño que no lo hayan nombrado portavoz de la familia.

—¿Cómo dice?

—Por hoy está bien. Muchas gracias, puede irse.

—¿Ya?

—¿Quiere decirnos algo más?

—No.

Pedro mira a Hugo como pidiendo permiso y se marcha.

Cuando se quedaron solos, mientras borraban las huelles de ese necesario desorden, Quino le dijo a Hugo:

—Necesito que vengas mañana a las 09:00 para ver cómo seguimos.

—Dale, listo, nos vemos —le respondió sin dudarlo. Esta vez, salvo órdenes expresas, nada le haría retroceder.

***

Cuando lo escrito y lo vivido no se diferencian.

—Una llamada de WhatsApp, muy bien, señor Velarde. Parece que se le está quitando la fobia a la tecnología —dijo Verónica.

—Qué va, es que me he equivocado al marcar. Oye, mañana nos vemos a las 09:00, quiero que me ayudes a localizar el lugar donde se sacaron unas fotos.

—OK, mándamelas y veré qué puedo hacer.

—Mañana, que no sé cómo enviarlas.

—Allí estaré.

***

Aunque la intensidad del día haya sido como si las horas tuvieran los bolsillos cargados de piedras o como si el cuerpo no tocase el suelo, se detiene cuando cruza la frontera de la noche.

Intentan compartir un rato juntos, pues saben sin saber que en algún momento sus caminos tomarán direcciones diferentes.

—Lolo, Ángeles, a cenar, que ha llegado papá.

—¿Qué tal el día, cariño? ¿Todo bien en la oficina? —le pregunta ella como queriendo querer.

—Todo normal —le contesta ensimismado, pensando en otras cosas, sin estar aún allí.

***

Tarde o temprano lo que no existe desaparece.

Verónica siempre llega antes a las citas marcadas con Quino, abre las ventanas del despacho para que el aire despierte y salga a pasear. Se hace un café, enciende el ordenador y comienza a trabajar.

Hugo abre la puerta y antes de poner un pie dentro ya sabe que ella está allí.

—Qué pelotudo que es, no me lo puedo creer. ¿Qué se cree, que estamos en un jardín de infantes? —se pregunta en voz alta, como una manera sutil de comenzar una conversación difícil—. No te preocupes, he terminado aquí.

—Me tuve que ir —dijo, como una sentencia que detiene el tiempo.

—No tienes nada que explicarme, el jefe me lo contó. Tu familia estaba en peligro.

—Sí, justo.

—Te podías haber despedido.

—Lo siento, no me daba el cuero para hacer otra cosa que la que hice. Solo quería saber que estaban bien.

—¿Y? ¿Cómo les va?

—Normal. Gracias. Lo siento.

—Ya está olvidado.

Una vez más la hoja en blanco inunda sus habitaciones.

***

Son como dos líneas paralelas que a veces se miran. Una no existe y la otra esta por construir, ambas tienen la piel llena de palabras.

Quino está tumbado en el diván, disciplinado y decidido.

—Siempre me sorprende venir aquí, es como si estuviera en otro mundo. A usted no le importa mi vida cotidiana, le interesa mi vida psíquica y eso es complejo de entender y más de explicar. Pero, claro, ¿a quién le puedo decir lo que hablo aquí, si todo tiene la fuerza de un instante?

—¿Cuántos años tiene, Quino?

—Casi *sincuenta*. Una cifra importante. A la gente le preparan fiestas sorpresa o se las hacen ellos. Parece que algo comienza y algo termina. Es como si se llegara a algún lugar, como si el camino ahora fuera más sencillo, pues en teoría se tiene cierta experiencia. Y para nada. Es como siempre. Aunque a veces pensemos que a los demás sí que les va bien, para todo el mundo es difícil.

—¿*Sincuenta* dijo?

—Cincuenta, perdón —contestó sonriendo—. No tengo cuentas pendientes, es cierto. Ni viejo ni joven.

—Continuamos la próxima.

***

Madrid cada noche se asoma a las ventanas y, aunque sabe que es imposible, nos cuenta uno a uno, deseando que estemos todos.

Antón comprueba que su portería esté preparada para el día siguiente.

—¿Qué tal, señor Velarde? Este año poco fútbol, ¿no?

—Qué bien que lo encuentro, le iba a preguntar cómo hacer en estos momentos, ya que lo ha vivido varias veces —le contesta Quino, aguantando el envite.

—¿Lo dice por las quince Champions? Tengo todos los partidos grabados. Se lo comento por si quiere aprender algo.

—Antón, avíseme cuando se le pase la fiebre y le digo de quién eran los últimos versos.

—Dígame.

—«Y de noche, la luna, al disgregarse en el canal, finge un enjambre de peces plateados alrededor de una carnaza». Es de Oliverio Girondo.

—Muy bien. Se ve que para algunas cosas tiene buen ojo. ¿Me ha traído algo?

—«Hace falta estar ciego, tener como metidas en los ojos raspaduras de vidrio, cal viva, arena hirviendo, para no ver la luz que salta en nuestros astros, que ilumina por dentro nuestra lengua, nuestra diaria palabra». Ya sabe dónde vivo, tiene todo el tiempo que necesite, genio.

***

Un sonido seco que busca tocar tierra.

Javier le ofrece algo de fruta a Verónica y le pregunta como sin querer:

—¿Qué tal con Hugo?

—Todavía no lo he visto.

Un segundo después se arrepiente de su respuesta, pero dar explicaciones la iba a dejar en un lugar más incómodo aún.

—¿Por qué se fue tan rápido el otro día?

—No lo sé. Tampoco me sorprende, ya lo conocerás, es un poco rarito. —Y para dar un giro a aquel rugoso interrogatorio, ella da un volantazo de aire fresco—. Quino quiere que yo analice las redes a fondo y ocuparse ellos de los interrogatorios.

—¿Y eso? —le pregunta, ignorando el evidente cambio de rumbo.

—Él sabe que estoy más cómoda viajando por una pantalla.

***

En casi todas las casas las sillas tienen el nombre, bordado con hilo invisible, de los que allí viven. Un contrato no escrito de propiedad privada.

Los tres hermanos hablan mientras toman un café.

—¿Qué tal fue la entrevista, Pedro?

—Les contesté a casi todo lo que me preguntaron.

—¿Casi?

—El que mandaba allí era yo. ¿Qué esperabas? Les respondí lo que sabía que querían oír para que me dejaran tranquilo cuanto antes.

—¿Te pusiste nervioso?

—Para nada.

—¿Estás seguro?

—Seguí el plan, quédate tranquila.

***

Una sed de costumbre lo llevó a sentarse en el sofá de cuero marrón, que ya tenía estudiada la forma de su cuerpo, para interrumpir lo menos posible la lectura.

Ahora estaba en Francia en 1860, en una cruenta huelga, casi sentía hambre y frío.

No le duró mucho aquella sensación, pues sonó el timbre de su casa desbaratando aquella injusticia que le inundaba las pupilas.

Una de las virtudes de Quino era tolerar que lo sorprendieran, por lo que insultó levemente a alguna divinidad sin definir y fue a abrir la puerta.

—He traído un Macan, de la bodega Benjamín de Rothschild & Vega Sicilia, ¿qué puede fallar?

—Tengo unas gildas, un poco de queso azul y curiosidad —contestó aceptando la invitación.

El comisario comenzó a hablar.

—Hemos dado por concluido el caso.

—¿Y eso?

—Se ha confirmado, infarto de miocardio.

—¿Y tú te lo crees?

—Si te digo la verdad, ya no sé qué creer, pero si los forenses han emitido ese informe poco más se puede hacer.

—Creo que precisamente por eso nos contrató el Sr. García. Conocía bien a la gente de su alrededor, sabía que si llegaba este momento nadie lucharía por él. Entonces hizo aquello a lo que estaba acostumbrado, pagar para que alguien levantara la voz.

***

Una fila de túneles decora el desfiladero de su memoria. Tony hace años que ha aprendido a no tener en cuenta aquello que no es realmente una amenaza.

—Argento, ¿qué tal la vuelta?

—Me voy haciendo, aunque extraño. Trabajar me está sentando bien. Dime que tienes algo para mí.

—Aún no lo sabe nadie, pero existe un cuarto heredero.

—¿Cómo te has enterado?

—Si te lo cuento, me vería obligado a que sufrieras un accidente. Además, ¿a ti qué te importa? ¿Es que me quieres robar el puesto? ¿Te interesa la información o conocer los detalles? Y cuidado con lo que contestas. Hasta ahora te tenía por un tipo inteligente.

—Perdona, es cierto. Fui un gil.

Sacó un billete de cincuenta euros y al dárselo le dijo:

—Para ayudar a pagarte las clases de esquí.

***

No nos damos cuenta, pero si no tuviéramos uno o varios motivos que nos sujetaran al mundo cada día, levantarnos por la mañana sería algo que podríamos llegar a olvidar.

—Hoy no se bien a qué hora volveré, tenemos una cena de trabajo.

—No te preocupes, yo me encargo —dijo Luisa, y después de su garganta salió un grito de madre que nadie se atrevió a contradecir—: ¡Niños, las mochilas y al colegio, que vamos a llegar tarde!

***

Hay tantos trenes como historias se puedan contar.

Quino, Hugo y Verónica se encuentran los tres por primera vez para hablar del caso. Comenzar algo siempre es complejo, sobre todo cuando hay temas que no están cerrados del todo.

—¿Entendéis lo que os estoy diciendo? —preguntó el jefe—. No nos contrataron para evitar que lo mataran, fue para que, si esto llegaba a pasar, lo investigáramos hasta saber exactamente qué sucedió.

—No estaba bien de la cabeza —dijo ella.

—Es un error subestimarlo. Me parece que no quería dejar cabos sueltos —les aclaró Quino.

—Tengo algo, aunque me falta confirmarlo, pero he oído que tal vez haya un cuarto heredero.

—Sigue esa pista, por favor. Cuando sepas algo nos avisas.

***

El viento esconde en sus cuadernos el secreto de su agilidad para esquivar la lentitud de las montañas.

Quino se quedó sostenido en el vacío con esa pregunta.

—¿Estáis ya con un nuevo caso?

Tardó en responder. Gómez sintió antes de terminar la frase que su amigo se encontraba lejos de esa habitación.

—No. Seguimos con el del señor García, ya sabes que los pequeños detalles son importantes y algo nos dice que aún no podemos darlo por terminado. Al menos por el contrato que tenemos quiero que investiguemos un poco más.

—Me has hecho acordarme de una historia. En uno de los primeros partidos de Guardiola con el *dream team*, el otro equipo pegaba duro, no les dejaban ni respirar. Pep fue a Cruyff y le contó lo que estaba pasando y no encontró alguien que creyera sus quejas, que tomara una silla y se pusiera a rajar sobre el contrario, que aceptara tan fácil la derrota. Lo miró y le dijo: «Para que no te cacen, para que no interrumpan tanto el juego, tienes que ser más rápido que ellos».

—¿Y eso, Gómez, qué tiene que ver conmigo? —preguntó Quino.

—Bueno, el caso para nosotros está cerrado. Podrías haberle dado nuestra versión a la familia y hubieras cumplido. Aun así, insistes, sabes que depende de ti el que suceda algo diferente. Al menos intentarlo.

***

Quino escucha «Frank» de Dani Martín, se sienta y escribe.

Una vez más las agujas del reloj juegan en nuestra contra. Todo es demasiado perfecto y eso es lo que me hace dudar. ¿Y si nos detenemos aquí? Ataque al corazón, la policía acierta, el caso termina, los herederos heredan y nosotros hemos ganado el dinero más fácil de nuestra vida.

Hugo y Verónica pueden tener un tiempo para olvidarse o encontrarse y yo poner orden en todo aquello que voy postergando, dejando en la habitación de la espera que pronto tendrá dos plantas.

No me puedo traicionar, tengo que escuchar las señales que llegan y que hablan a gritos, aunque a veces parezcan susurros. La indolencia nunca tuvo premio.

***

Un sutil equilibrio, entre una caricia y su lágrima.

Quino está tumbado, en silencio, como decidiendo si abrir o no la puerta.

—¿Tantas cosas que decir tiene que no se anima a comenzar?

—La verdad es que no estoy pensando nada en concreto. Hoy tuve un sueño, me parece que yo no aparecía y eso me llamó la atención. Recuerdo un campo de baloncesto municipal, de esos que hay en casi todos los barrios. Es parecido al de mi calle, pero no es ese. Creo que ya han terminado de jugar y me doy cuenta de que se han dejado un balón.

—¿Quién se da cuenta?

—Yo.

—¿Entonces sí aparece en el sueño?

—No, no, son otros los que han estado jugando. Voy a buscar la pelota para llevársela, pero ya no están y me despierto.

—¿Quién no está?

—Ni la pelota ni los jugadores. Tampoco me acuerdo muy bien. Puede que ni lo soñara, quizá me lo haya inventado y crea que fue un sueño.

—Hoy es cinco, como los jugadores de un equipo de baloncesto. Hoy le tocaba pagar, pero no ha pagado. ¿Tal vez se pregunte si quiere estar o no en el juego?

—Se me había olvidado, perdóneme. Ahora bajo al cajero.

—No se preocupe, puede pagar en la siguiente sesión.

—Ni me había dado cuenta del día que era, vaya fallo.

—¿A quién se le olvidó pagar?

—A mí, ¿a quién va a ser?

—Continuamos la próxima.

***

Cuando abandonamos lo cotidiano vivimos en callejones sin balcones ni luna.

—Dime —contesta Luisa algo nerviosa.

—¿El detergente ese que me has dicho es uno que viene en una caja de cartón o en una botella de plástico rosa?

—En la botella, el que pone para prendas delicadas.

—OK, gracias. Venga, termino aquí y voy para casa.

Otra vez está cabreado con su mujer. Si él nunca va a comprar los productos de limpieza, ¿cómo quiere que sepa cuáles son? Lo que es cierto es que algo tan habitual para otros como hacer la compra es tan opuesto a las historias que ve cada día en el trabajo que incluso lo relaja. Podría venir más a menudo, los dos estarían más contentos.

***

El eco de unas manos desnudas espera los sonidos de la mañana. Los tres hermanos están sentados tomando una taza de café. Han alterado sus costumbres. Se solían reunir una vez por semana, pero ahora es distinto, se necesitan más que nunca.

—Nadie debe saber nada —dice Pedro, mezcla de orden, de sugerencia y hasta de pregunta.

—Estás equivocado —le contesta Julieta, lúcida, con esa tranquilidad que provoca que siempre la escuchen—. Tenemos que ayudar al detective en todo lo que podamos. Ser sinceros y así darle el camino que nosotros queremos que siga. No debemos olvidar que sabe lo que hace. Si el viejo lo eligió, fue por algo.

—¿Qué le podemos contar? —preguntó Jorge con la sensación de no entender lo que estaba pasando.

—¿Qué es verdad y qué es mentira? Todo es según se diga. ¿Recuerdas tu vida hace dos meses? Eso es lo que sigue siendo, el resto nunca ocurrió. ¿Entendido?

—Sí, lo entiendo.

—¿Los dos?

—Si eso hace que cobremos antes, OK —dijo Pedro, apostando una vez más por ese trío que lo mantiene cuerdo.

***

Los martes la noche no acude a los bailes de salón.

Antón sonríe, decidió esperar cinco minutos antes de marcharse y su idea tuvo premio.

—Sr. Velarde, ¿no me estará esquivando?

—Para nada, no conviene jugar a las cartas con el arlequín salvo que sea imprescindible, podría enfadarse.

—«Hace falta estar ciego, tener como metidas en los ojos raspaduras de vidrio, cal viva, arena hirviendo, para no ver la luz que salta en nuestros actos, que ilumina por dentro nuestra lengua, nuestra diaria palabra». Es de Rafael Alberti, ¿o no?

—Podría ser.

—¿Perdón?

—Es de Alberti. Enhorabuena. ¿Tiene algún verso que me pueda llevar a la boca?

—«Toda mirada por encima del hombro puede adulterar los inocentes escenarios».

—Muy bien, Antón. La verdad es que ella siempre fue genial.

—¿Sabe de quién es?

—Casi seguro. Lo confirmo y le cuento. Ahora márchese, no quiero que llegue tarde a su casa.

Quino apostó y ganó. En verdad no sabía de quién era el poema, pero no lo podía dejar ir con esa sensación de total victoria.

***

Un huracán con pies de pergamino.

Uno de los motivos por los que a Hugo le gusta Madrid es porque tiene zonas que le recuerdan a Buenos Aires.

En la plaza de la República Dominicana ha abierto una cafetería que vende productos argentinos. Las empanadas poco a poco se fueron poniendo de moda, pero aún quedaban por instalarse en los paladares europeos los sándwiches de miga.

—Por favor, tres de jamón y queso, también poneme tres de huevo y tomate.

Después de comer esto seremos más inteligentes, pensó, y se fue con una sonrisa para el despacho.

***

Es como el cielo, nunca pasa mucho tiempo sin que una bandada de pájaros recorte un pedazo de su piel.

—¿Se podría decir que usted fue la mano derecha de su tío? —preguntó Quino.

—No sé de dónde ha sacado esa idea. Trabajamos juntos, pero desde que volví todo cambió. No le gustó que me marchara, ya no confiaba tanto en mí —contestó Julieta.

—No le dije cuándo, solo si lo fue.

—Hace un par de años sí. En los últimos tiempos para nada. Si alguien ocupaba ese lugar era su abogado.

—¿Por qué alguien que lo tiene todo decide cambiar de vida? ¿O tal vez estaba huyendo?

—Estaba cansada de trabajar con él.

—¿Dónde se marchó?

—Primero a París, después a Trieste y luego otra vez a Madrid.

—¿Viajar le ayudó a curarse la fiaca?

Las palabras llegan antes que nosotros a caballo de la sorpresa. Hugo parecía dejar claro que Julieta no le cerraba. No la conocía, pero había algo en ella que le disgustaba. Quizá ni él se dio cuenta hasta que hizo esa pregunta irónica, incómoda y algo desafiante.

—No le entiendo —contestó ella.

—¿Volvió descansada?

—Vine por mis hermanos, entendí que no podía dejarlos solos, me equivoqué yéndome.

—¿Cómo era la relación de ustedes con su tío?

—¿No le estoy diciendo? No nos gustaba, ni él ni su manera de hacer las cosas. Todo el mundo le odiaba.

—Cuando uno dice «todo el mundo» se suele referir a dos o tres personas. ¿Supongo que está hablando de ustedes?

—Supone bien.

***

Si llegas a escuchar cómo crecen las raíces del que será el árbol más longevo del pueblo es hora de tomar un costado del camino como papel en blanco y comenzar a escribir.

—¿Qué te pareció, Quino?

—Extraño. Hay varias maneras de ocultar algo, o lo escondes o lo pones de un modo exagerado a la vista. Julieta ha confesado muy rápido. Se nota que es inteligente y valiente. Ha venido a jugar, y eso no me gusta. Pedro es muy impulsivo y ella lo sabe bien. Más que dar su versión, ha querido matizar lo que el ímpetu de su hermano pudiera haber dejado en el aire.

—¿Crees que saben lo del cuarto heredero?

—No, aún no. La oportunidad de utilizar esa información, una mujer como ella, no la hubiera dejado pasar.

—¿Quizá terminaríamos antes si nos preguntamos quién no es sospechoso?

—A ti te he descartado desde el principio, estabas en Argentina cuando mataron al nominado a tío del año —le dijo Quino sonriendo y dándole un golpe cariñoso en el hombro.

***

Cuando la vida se vuelve áspera y parece que ha sobrepasado los límites, saber que se van a encontrar les hace bien, podrán bajar la guardia, podrán caminar con los pies descalzos sobre la orilla, pues las tormentas que dibujan con barro las paredes tienen prohibida la entrada al refugio.

—¿Tal vez nos venga bien un viaje de unos días para despejarnos? Es el momento, después la investigación lo será todo y no podremos movernos hasta que la terminéis. ¿Dónde podríamos ir? —preguntó Silvia.

—¿Unos días? A Santander. Ya lo sabes. Tiene eso invisible, eso que sientes y que te hace volver, eso que marca la diferencia entre cualquier lugar y tu hogar. Así me siento cuando estoy allí. Solo pensar en pasear por la playa del Sardinero, tomarnos unos vinos en las Bodegas Mazón, cenar en Cañadío o desayunar en el Centro Botín viendo el mar me hace bien, pero tendremos que dejarlo para más adelante. Las piezas del puzle han empezado a hablar entre ellas.

***

Los sonidos también tienen colores, depende de quién los escuche.

—Verónica, son casi las ocho y hemos reservado para las nueve y media, nos tenemos que empezar a arreglar o vamos a llegar tarde.

—Perdóname, pero hoy fue un día muy bueno. Ya tengo una ficha de cada uno de los hermanos y no te lo vas a creer, desde hace un año los tres son sujetos ejemplares para una investigación, cuentan todo lo que hacen. Te podría dar un informe detallado de cada uno, decirte cuáles son sus aficiones, quiénes sus amigos, dónde les gusta ir a cenar o viajar. ¿Sabes lo que diría Quino? En una investigación, cuando algo parezca fácil desconfía.

Verónica vuelve a sonreír y eso hace que Javier sea como un niño feliz en su cumpleaños después de que le trajeran aquello que se encargó de pedir a todo el que quisiera escucharlo.

***

Las calles no tienen memoria y sin embargo son una parte importante de ella cuando un recuerdo nos golpea la mirada.

Cuando Quino y Hugo llegan al despacho, Jorge, el pequeño de los tres hermanos, mira obnubilado la biblioteca.

—¿Ve algo interesante?

—*La edad de oro del boxeo*. Nunca se me hubiera ocurrido leer sobre boxeo.

—Se lo recomiendo. No sé qué es mejor, si ver un combate o leer un artículo de Manuel Alcántara. Supongo que ambas. Pero disculpe que haya sido tan grosero y no le preguntara primero, ¿cómo se encuentra después de lo de su tío?

—Estoy bien, gracias. Me lo hizo pasar mal tantas veces, aunque ya le he perdonado el constante desprecio.

—¿Dónde estaba usted la noche que murió?

—Con mis hermanos. Una vez por semana quedamos a cenar. Ese día los invité a mi casa.

—Trabajaba en la rama de las nuevas tecnologías, ¿verdad?

—Sí, primero llevaba los cafés y hace unas semanas pude entrar en algún proyecto más serio, aunque desde lejos.

—Ya veo que el apellido no le ha dado muchos privilegios.

—Al revés. El resto de los compañeros nos miraban con desconfianza y mi tío, por la misma razón, era más duro con nosotros.

—¿Es cierto que su madre le pidió ayuda varias veces y él se negó a dársela?

—Sí. Ellos tenían cuentas pendientes. Nada extraño. Sucede en todas las familias independientemente del dinero que se tenga. Cuando mi tío se marchó, durante años en casa no se podía decir su nombre. Fue como una traición que no continuara ni con ellos ni con el bar. Mi madre se quedó a cargo de todo, los abuelos se hicieron mayores y el negocio comenzó a ir mal. Se lo dijo, pero el rencor fue más fuerte que las lágrimas.

»Supongo que habría otras cosas, nunca lo supe, era una de esas historias de las que nadie quiere hablar. Creo que al final él se sintió culpable y por eso cuando mamá murió nos dio trabajo a los tres.

—Qué fea esa conclusión sobre quien te dio de comer, ¿no, pibe?

—Mire, si al «buenos días» siempre le acompañaba una humillación quizá no sea tan ingrato.

***

Segundos que nunca cierran los ojos frente al huracán dormido.

—Juan, mañana iré con los niños a ver a mis padres. Tú viniste la semana pasada, si te parece esta vez te libras.

—No es ninguna condena, pero te lo agradezco. Aprovecho y me voy a tomar algo con los chicos, hace mucho que no nos contamos cómo nos va. Eres una buena hija, y no como tus hermanos, que tienen más excusas que dedos. Ya sabes que José te dirá que no quiere ir, dice que se aburre.

—Bueno, le compraré unos cromos para que se entretenga. Luego sin darse cuenta se pondrá a contarles sus cosas y se divertirán. Creo que es importante que pasen tiempo juntos.

***

Todos escuchaban el ruido de las ventanas indefensas, los llantos de los cauces desdibujados, el eco de aquella caída que tanto persiguió. Todos menos él.

—Soy el vicepresidente, algo se podrá hacer.

—Nada —contestó el gerente—. Ahora es un heredero más. Según el testamento, hasta que Quino Velarde no presente su informe, eso lo deja sin poder ejecutivo.

—¿Me está diciendo que he pasado de ser el número dos a un posible dueño y tengo menos poder que hace una semana?

—Me temo que así es.

***

En una consulta de psicoanálisis el tiempo tiene la costumbre de contar estrellas, la ciudad se desvanece, las palabras juegan alrededor de la hoguera.

Una llanura acotada, un lugar sin mirada transforma los sonidos, los gestos, en una melodía humana, se construye una historia engarzada a la piel del abecedario de los sentidos.

Quino trae un silencio que le moja la ropa.

—¿En voz alta cómo sería?

Y el diván deja de ser ese lugar agradable que había llegado a olvidar.

—Sé lo que estoy pensando, pero no se lo quiero decir.

—Muy bien. Continuamos la próxima.

—Pero...

Quiere pedir explicaciones. Fue como una oportunidad perdida, un capricho que le salió caro, una combinación intolerable, un bisturí de movimientos precisos. Se levanta, toma su chaqueta y se marcha.

***

Otro comienzo difícil de valorar si aún no has perdido algo que haya hecho que el dolor juegue entre tus dientes.

Hay café y tostadas, es una reunión importante y los tres lo saben. Desde aquí darán los siguientes pasos.

—Bien, tenemos al Sr. Francisco García, que nos contrató para investigar su muerte, si esta llegaba de una manera imprevista. ¿Por qué no contó con nosotros para evitarla? Hubiera sido lo más normal. Recordemos que era un tipo que venía de una familia humilde y consiguió una gran fortuna, es decir, era una persona audaz y decidida. No se iba a dejar ganar con facilidad.

»Tenemos a los tres sobrinos, con los que había una pésima relación, aunque trabajaban todos con él. ¿No tenían otro lugar adónde ir? Si se llevaban tan mal, ¿qué les hacía seguir juntos? Cada uno de ellos se ha mostrado como es. Me resulta curioso que parezca que no quieren ocultar nada. Tenemos que desconfiar de lo evidente. ¿Qué has podido averiguar, Verónica?

—Están dentro de los parámetros normales, nada que destacar, salvo que en la semana que murió su tío no hay rastro de ellos en sus redes sociales, es evidente que hubo un paréntesis.

—¿Y tú, Hugo?

—El cuarto heredero era la mano derecha del Sr. García. Un abogado joven, con mucha hambre y algunos vicios. Hace poco se había comprado un caballo, le gustaba apostar muchas veces más de lo que se podía permitir. Parece que no le llega el agua al tanque. Tiene un buen coche, tremenda casa y varias novias, aunque le duran poco. Las mujeres y los pelotudos empiezan a no cuajar en este siglo.

—OK. Verónica, por favor, vuelve a mirar en las redes sociales y busca en los alrededores. Hugo, quiero saber exactamente cuál era la situación económica del grupo empresarial y si en los últimos seis meses ha habido algo fuera de lo normal, algún éxito o fracaso, algún despido sonado, algo que esté fuera de lo cotidiano. Y también quiero que me consigas el último informe médico de nuestro cliente.

***

Quino escucha «Pequeño vals vienés», interpretado por Silvia Pérez Cruz y Pájaro, se sienta y escribe.

Necesito ese sonido que desconozco, antes de que me explote la cabeza.

El mundo cada vez está más loco, o tal vez siempre fue así y es ahora cuando me doy cuenta.

¿Dónde están las guerras que ayer inundaban nuestras ciudades con imágenes de mujeres y niños masacrados por las bombas, dónde aquellos hombres de caras desdibujadas matando a sus hermanos?

¿Tal vez triturados bajo las nuevas noticias?

Hoy escuché unas declaraciones de uno de los candidatos a la presidencia de Estados Unidos, decía: «Si no gano las elecciones habrá ríos de sangre». No sabía bien si era una película de ciencia ficción o algo real, así que me quedé atento a la radio para escuchar los comentarios sobre el tema, pero enseguida hablaron de los mejores lugares para comprar torrijas en Madrid y sentí que pocas cosas merecían la pena.

No sé qué fue lo que me asustó más, si la noticia en sí o no ver ninguna reacción al respecto.

Recordé el poema de Bertolt Brecht «Ahora vienen por mí, pero es demasiado tarde».

¿Cómo no nos damos cuenta de que la indiferencia es un trueno mortal en nuestra manera de vivir?

Una vez más la humanidad se rompe el cuello mirando para otro lado.

¡Vamos, Quino, no seas ingenuo! ¿Qué quieres, un mundo donde toda la gente sea poeta? ¿Qué te parece si comienzas por ti mismo?

¿Y en nuestro caso?

¿Qué es lo que hemos aceptado casi sin dudar?

Claro. La causa de su muerte.

***

Cuando vas cumpliendo años no son solo las estaciones las que multiplican la luz o la desordenan.

—¿Qué tal, Argento?, ¿cómo va eso?

—Y... acá estoy. Arrancando otra vez, que siempre es difícil.

—Tienes un aire de lago seco —le dijo mirándolo de arriba abajo.

—¿Sabes algo nuevo? —le preguntó Hugo, esquivando la clase de limnología.

—¿Quieres que sea concreto? ¿Has traído papel y lápiz? Apunta. Según parece, el problema del cuarto heredero es a quién le deja el agujero. En este momento tiene una deuda de esas que se pagan con dinero o con alguna extremidad del cuerpo. ¿Te queda claro?

—Sí, pero ¿con quién?

—Si te digo la verdad, aún no lo sé. Esto no es tan fácil como abrir el periódico por la mañana.

—Diez puntos, viejo. Te devuelvo lo que me habías prestado, que yo sí me acuerdo.

—No te di nada.

—Mirá que sos boludo. ¿Todo el mundo va a cobrar por su trabajo menos vos?

***

Los árboles de la ciudad son como animales de un zoológico.

El invierno en Madrid viene con rigor en la letra. No deja que olvidemos que ese es su territorio temporal. Hay un frío duro y constante, enemigo de la calle y la sonrisa.

Sin embargo, esa mañana Antón no puede evitar acompañar cada actividad con un ligero silbido. Cuando su equipo gana, y además su máximo rival pierde, parece que se acerca el verano.

El plan calculado milimétricamente funciona y se encuentra con Quino.

—Buenos días —le dice con un brillo en la mirada—. Mírelo por el lado bueno, estamos en febrero y tal vez no se tenga que preocupar más del fútbol hasta mediados de agosto, podrá dedicar su tiempo a otras cosas.

—Le veo descansado —le contesta—. Supongo que será por las siestas que se pega cuando les toca jugar.

—Lo importante es ganar, y es lo que estamos haciendo. Cosa que no se puede decir de otros. Supongo que no hará falta que le abra la sala de trofeos.

—Qué bonita mezcla de grandeza y humildad, Antón, se notan sus colores. Escúcheme: «Toda mirada por encima del hombro puede adulterar los inocentes escenarios». Es de Olga Orozco. Ahora apunte y busque, si encuentra algo de paz entre tantos partidos: «Luna de fuego o carne cortada por la pena, mano en arena, o flor que se yergue sin viento, luna que crece en tierra, negra como la sangre, a la que sólo el mar como luz aún alcanza».

***

—La clave está...

Gómez no dejó que Quino terminara la frase:

—¿En el cariño?

—Sí, hacerlo con cariño y mucha práctica. Por eso os necesito a ti y a Silvia, sois gente a la que puedo envenenar sin generar antecedentes penales.

—Está muy rico. Se archivan las diligencias previas.

—¿Quieres un poco de pacharán casero?

—Eres una caja de sorpresas. ¿De dónde lo has sacado?

—¿Qué me das a cambio de esa información?

—Tengo algo, por eso quería verte. He cruzado los datos con las incidencias de la familia García. Un mes antes de que tu cliente apareciera muerto saltó la alarma de su casa. ¿Sabes quién apareció cinco minutos después de que llegara la patrulla?

—¿Quién?

—Su sobrina Julieta, declaró que tenía una aplicación en el móvil que le avisaba de cualquier alarma, dijo que estaba por la zona y que fue enseguida. ¿Sabes qué significa eso?

—¿Que es la primera persona en rozar la velocidad de la luz?

—O eso o que estaba allí cuando el sistema detectó a un extraño. Imagínate que te marchas, se cambian las claves por seguridad y cuando decides volver nadie se da cuenta de decírtelo y al intentar entrar sin permiso... pum... comienza la diversión.

Quino se quedó pensando, su mente sin que él lo supiera comenzaba a mover las fichas del tablero.

—Muchas gracias, Gómez. Te mereces más datos. El pacharán me lo trae Hugo de Miraflores, se lo regala su casero. Eso sí, antes nos pega un tiro a los tres que decirnos dónde va a recoger las endrinas.

***

Cuando lo inevitable no puede cambiarse.

Hay veces que una canción te abraza y, sin darte cuenta, en varios momentos te sorprendes cantándola. Quino no se podía despegar de *El abrazo más grande de todos los tiempos*, de Pablo López. Esa tarde estaba contento, había quedado con Silvia. Alejarse los hacía querer volver a verse. Era su manera de amarse.

De repente se queda quieto, blanco, pesado, casi enfermo. Prestando atención, se podría haber escuchado cómo su manera de respirar se transformaba en una carga insoportable.

—¿Qué te pasa? —preguntó preocupada, mientras él no podía apartar la vista del teléfono.

—Acabo de recibir un mensaje que dice: «Siento comunicarte que falleció Menassa».

En ese momento se abrió un dique derramando la tristeza que envolvió a Quino y lo llevó a una playa vacía, donde viento y lluvia trepaban por sus recuerdos.

—El director del Grupo Cero, argentino como Hugo, español como yo, uno de los genios que el siglo XX escondió, un maestro. Me ayudó tantas veces..., al principio tenía un montón de prejuicios sobre la poesía y él me la acercó de tal manera que la hizo verdad. Con su pasión consiguió que produjera ese amor que aún continúa en mí. Y del psicoanálisis ni te cuento, era un científico magistral, no solo por lo que sabía sino por cómo lo transmitía, te daba vuelta la cabeza. Siempre una frase acertada, siempre ayudando a crecer a los jóvenes. Un hombre extraordinario. Te digo una cosa, si la parca pudo con un tipo así, puede con todos.

Silvia se dio cuenta de que Quino estaba a punto de caer y lo abrazó, no para evitar la caída sino para acompañarlo.

Cuando muere un escritor dicen que todos los libros del mundo se cierran para llenarse de lágrimas, el mar deja por un instante de bailar y un sentimiento de soledad recorre sus páginas.

***

La vida la conforman innumerables paréntesis y ese dolía como una herida abierta que parecía que jamás se iba a cerrar.

Quino fue al cementerio siendo parte de esa derrota que trae la muerte entre sus garras.

Buenos Aires y Madrid venían juntas de la mano contando historias sobre él.

Hubo poemas y canciones, amor, ternura y fuerza; ni la tristeza pudo levantar sus alas, pues ese día todo fue gris.

***

Recordó unos versos de Menassa: «Querida muerte, a tu pesar, a mi pesar, la vida continúa».

Ese hombre le había enseñado la importancia del trabajo, y eso es lo que haría.

¿Qué mejor manera de honrarlo?, pensó.

***

Siempre hay miedo en los lugares donde es obligatorio dejar el corazón en una caja de metal antes de entrar.

Los dos hombres tomaban café mientras hablaban de negocios.

—Dice que si esperamos un poco nos devolverá el doble de lo que nos debe. Cuando todo se resuelva, tendrá acceso a mucha pasta y podrá pagar. He pensado que lo más interesante es que, conociéndolo, se volverá a endeudar, pero esta vez con un gran respaldo.

—¿Tú le crees? —dijo el jefe sin levantar la vista del periódico. Era una de esas preguntas en las que, más que la respuesta, lo que importaba era la exactitud en la que venía montada.

—Bueno, lo que me dijo tenía sentido. Hay mucho dinero y si de verdad puede administrarlo nos será muy rentable.

—¿Cuántas veces nos ha pedido que esperemos?

—Casi siempre, y luego lo devuelve.

—¿Sabes qué pasa? El prestigio, el respeto, el nombre que tenemos no se paga con ningún dinero, se conquista. La gente puede llegar a pensar que somos débiles, que nos pueden pedir prórrogas y que se las daremos sin problema, y de ahí decir que no somos serios, que no nos importa que no cumplan lo pactado, y por lo tanto también se generen dudas sobre si nosotros cuidamos nuestras obligaciones.

»Al final es más costoso ceder que respetar el acuerdo, aunque nos acabara pagando más, habríamos perdido. Lo que no puede ser una sorpresa, algo impredecible, es lo que sucede si nos fallan. La gente debe tenerlo claro. ¿Lo entiendes?

—Tiene sentido.

—No hay más que hablar. A partir de ahora yo me ocupo.

***

Quino piensa en sus compañeros como un grupo. Cada uno tiene ciertas funciones asignadas, se complementan remando en la misma dirección. Una de las cosas que les ha pedido es que mantengan reuniones sin que esté él presente.

Esa tarde, incómodos, Verónica y Hugo comparten información.

—He descubierto algo muy interesante, los tres sobrinos tenían una reserva, en un vuelo solo de ida desde Suiza a Uruguay, justo para una semana después del día en que se encontró el cadáver del tío —le explica ella.

—Tienen una flor de quilombo. Pinta mal. Qué casualidad, justo siete días después de que maten al viejo ya tenían un destino fuera de España. Es como si quisieran salir huyendo. ¿No te parece?

—En este trabajo ya he visto muchas veces que la casualidad suele ser un acto preciso. Es pronto para dar una conclusión.

—Es cierto, y también que a veces las cosas son lo que parecen.

—¿Y tú qué tienes?

—El heredero sorpresa nos sigue dando largas, aún no ha encontrado un buen momento en su agenda para que nos encontremos. Otro que esconde algo, y el tarado cree que guardar silencio es un escudo que lo va a salvar.

Verónica tuvo la sensación de que Hugo hablaba a la vez de la investigación y de sí mismo, pero no dijo nada.

***

Una página en blanco envuelve el diván, hay cuadros y libros que muestran un espacio poco común para estos momentos donde la tecnología extiende su hambre.

Se abre paso aquello que nunca estuvo allí.

Quino está tumbado, le cuesta seguir hablando.

—No pude volver a leer un libro de Menassa hasta ayer. Era la primera vez en mi vida que lo leía, y él estaba muerto. Muy fuerte, ¿no le parece? Quería a ese hombre y reconozco que en muchos momentos prefería estar lejos de él.

»No puedo creer que ya no esté. Supongo que su muerte me recordó que yo también soy mortal, que alguna vez será a mí a quien vengan a velar. Estoy triste. Creí que hoy no podría tener sesión, que me la pasaría llorando todo el rato, pero al final he podido. La vida continúa.

—Continuamos la próxima.

—Sí, gracias.

***

Los caminos inciertos te hacen permanecer despierto.

—¿Qué tenemos, Quino?

—Milanesas a la napolitana con patatas fritas, todo casero. Es difícil comer algo tan rico y sencillo.

—¿Algún homenaje?

Quino sonrió, esa era la manera que tenía su amigo de preguntarle cómo estaba.

—Te lo contaré cuando me digas qué has traído para acompañar la comida.

Gómez también sonríe, le hace bien ver que su amigo vuelve a esa rapidez en las respuestas.

—Antes de que se me olvide, ¿habéis hablado con José Luis Pau?

—No. ¿Quién es?

—Lo conoce poca gente, no suele figurar en las listas de invitados. Era solo curiosidad. Mira, tengo una botella de El Enemigo.

Sobrevuela esa sensación de primeras gotas de lluvia cuando en realidad la ciudad hace horas que tiene la piel empapada.

***

Nunca sabe si se aferrarán a lo perdido o se animarán al siguiente baile.

Hugo y Verónica se sientan frente a Quino, serios, quieren preguntar cómo se encuentra, quieren contarle lo que han descubierto hasta el momento, y todo en el mismo segundo.

—Tranquilos, estoy bien —les dice, recuperando el tono de voz que la muerte de su maestro le había arrebatado—. Quiero que averigüéis todo lo que podáis sobre José Luis Pau, también me gustaría que habláramos con él. Cuando lo tengáis volvemos a reunirnos y ponemos en común lo que tengamos.

—Pero, Quino, déjanos que te contemos ahora, te va a interesar.

—No, chicos, no es el momento, toca seguir investigando.

Ser ordenados a veces nos salva de nosotros mismos.

***

No para todos la noche es un refugio, puede ser el eco de un aullido, un futuro en abanico que sangra al menor intento, una colección de canciones de plata que decoran el desfiladero de nuestra memoria o también un amigo que protege ese puente con su vida, un amor sin tiempo, un encuentro inesperado que hace que valga la pena.

—Argento, ¿necesitas una guía de la ciudad?

—Creo que la empiezo a conocer. ¿Todo bien?

—¿A quién le va todo bien? ¿A un mentiroso?

—¿Quién es José Luis Pau?

—Me encanta esa manera que tienes de irte por las ramas, de dar vueltas sin sentido para decir algo.

—Disculpame, soy un desubicado.

—Tranquilo, está todo bien. Joder, sois buenos, sois muy buenos.

Hugo aguantó la cara de póker. No entendía nada, solo que tenía que dejarle hablar.

—Pau no existe y es mejor tenerlo de tu lado.

—¿Dónde puedo encontrarlo?

—En ninguna parte y en todas.

—Dame una mano, Tony.

—Hablaré con alguna gente. Si él quiere os llamará. No puedo decirte más.

—Eso ya es mucho. Déjame invitarte a desayunar.

Le dio cincuenta euros y se marchó.

***

Cuando Quino se da cuenta de que ha estado tarareando *El abrazo más grande de todos los tiempos* piensa: «Parece que comienzo a curarme de esta tristeza». Se sienta y escribe.

Haberme dado cuenta de que algún día moriré me ha hecho más fuerte y más débil. Ahora toca seguir, parecido a cuando nada había sucedido, pero sabiendo que sí había sucedido.

Lo imposible ha tomado las riendas y debo dejarme llevar. Volar más allá de lo que pueda imaginar, multiplicarme.

¿Cuándo seguimos el camino correcto? Me doy cuenta de que es una pregunta para salir de esa trayectoria, que no es el momento; por lo tanto, la ignoraré y seguiré otros pasos.

Verónica y Hugo han conseguido entrar en la investigación, les arde la información que tienen, el anterior «no» que les dije fue para hacer crecer ese calor. Un minuto de silencio no siempre es un saludo a los muertos, también los vivos podemos comenzar desde esa calma.

Gómez nos trajo el nombre de Pau y eso lo ha revolucionado todo. Como un mensaje en una botella que necesitaba llegar a la orilla.

Cuando corremos el riesgo de aburrirnos de nosotros mismos, a veces llega, nunca sabemos de dónde, una señal que podemos seguir o no, según el espíritu musical que tengamos.

Las piezas se ven desperdigadas en diferentes tableros, sabemos dónde está cada una, pero no dónde van a terminar.

***

Hay momentos donde todo parece detenerse, olvidamos el trabajo realizado y no encontramos la manera de dar el siguiente paso.

La incertidumbre toma asiento en nuestras fuerzas y nos deja sin aliento al borde del camino.

Lo más difícil es mantener la templanza, es complicado tomar distancia y darnos cuenta de que quizá esas sensaciones sean parte del proceso.

Debemos navegar entre otros, pues una palabra a tiempo puede abrir las compuertas que estamos a punto de cruzar y creíamos cerradas para siempre.

—¿Qué te pasa, Verónica? Si aprietas un poco más, tus dedos van a traspasarte la cabeza —le preguntó Javier intentando ayudarla.

—No encuentro nada. Quino me ha pedido que le lleve toda la información que pueda obtener de un tal Pau y solo hay referencias que no tienen relación con él. Ya no sé dónde buscar. Solo tengo ganas de llorar.

—Llora.

—No tengo tiempo.

—Duerme un poco, te vendrá bien.

—No, hasta dar con él no paro.

—Quizá descansar te haga bien. ¿Te preparo algo de comer?

—Tienes razón, estoy a punto de mover el ratón con los codos.

***

Madrid a veces no puede contener la emoción y decide salir a recorrer sus propias calles, para descubrir algún nuevo lugar donde nadie pueda verla y escribir allí, sobre la piel de los recién llegados, una canción que regalarles en las noches de fiesta o desilusión.

Antón, cuando quiere encontrar a Quino, lo encuentra.

—Hace días que no lo veo, ha debido de estar sumergido en un nuevo caso.

—Así es; además, sabía que le gustaría hablarme de fútbol y, vistos los resultados, lo último que quería era escuchar su inocente ironía.

—¿Esa es la imagen que tiene de mí?

—No se preocupe, todos sabemos que bajo esa apariencia de futbolero con memoria selectiva hay una buena persona.

—«Luna de fuego o carne cortada por la pena, mano en arena, o flor que se yergue sin viento, luna que crece en tierra, negra como la sangre, a la que sólo el mar como luz aún alcanza». Es de Vicente Aleixandre.

—Muy bien, Antón, muy bien. ¿Qué me ha traído?

—«¿Por qué están hechos nuestros ojos para llorar y para ver?...».

—Es increíble que bajo ese aspecto de no saber lo que es un balón nunca me defraude con los versos que elije.

—Lo tomaré como un cumplido. Y espero que se haya dado cuenta de que esta vez no le dije ni una palabra de los tres goles que les metieron ayer.

***

Es más sencillo de lo que parece encontrarse solo en una ciudad de más de tres millones y medio de habitantes, aunque Quino esa tarde había tenido que contar medias verdades para conseguirlo.

Llamó directamente a Julieta y le pidió que fuera a verle para comentar ciertos aspectos de la investigación.

Como era habitual en ella, no había cuidado en exceso su vestuario, pero la belleza se había encargado otra vez de que ese rostro, fuera de la estética temporal, ganara las miradas del corazón de los hombres.

—Le agradezco que haya venido tan rápido.

—Ya sabe que lo ayudaremos en todo lo que esté a nuestro alcance. ¿Qué quiere de mí?

—Necesito que presente un escrito en el juzgado para que abran el procedimiento de su tío y soliciten que con urgencia se oficie al Instituto de Medicina Legal y Ciencias Forenses para que realice un estudio buscando trazas de los siguientes venenos: cianuro, ricina, arsénico, toxina botulínica, cicuta y ácido fórmico.

»Ninguno de ellos deja rastros en las analíticas habituales de toxicología, salvo que sean buscados. El infarto de miocardio de su tío puede haber sido producido por un factor desencadenante inoculado en su organismo. Es decir, que podría no ser accidental lo que le sucedió.

—¿Cree que lo envenenaron?

—En estos momentos no tenemos pruebas de eso ni de lo contrario, por lo tanto sería interesante que un familiar presentara la solicitud. ¿Nos haría usted el favor? Y otra cosa, le pediría que esto quedara entre nosotros.

—Cuente con ello.

***

¿Cómo suena el tictac en un reloj de arena?

Raúl Sáez, el cuarto heredero, tiene una fila de hormigas enfermas recorriendo las playas vacías de su pensamiento.

La culpa no entiende de clases sociales, le quema las pupilas, le rompe los muebles del sueño, es como un pulso invisible que pierde una y otra vez.

Una cosa es que fuera un jugador febril y otra que parezca cómplice de la degradación de la propia mugre.

—Tengo que hablar con Quino Velarde —se dijo asustado, masticando un cansancio de siglos.

***

Vestida con frases de amianto, nadie diría que trae en los ojos versos de amor.

Luisa está contenta, toca noche de *pizza* casera y peli. Ha comprado todos los ingredientes y verá cómo su familia organiza una batalla campal en la cocina para prepararla. Nadie lo sabe, pero siempre tiene cerca uno o dos teléfonos de comida a domicilio por si algo falla. Por ahora no ha tenido que utilizarlos; aunque los primeros intentos fueron un desastre, lo más importante es que estaban juntos, esos días no tenían precio para ella.

Por su trabajo sabe perfectamente lo efímera que puede ser la vida.

***

Quino escucha a Battiato, «Yo quiero verte danzar». Se sienta y escribe.

Una cosa es que unos crean que tienen la iniciativa y otra muy diferente es que nosotros les hagamos creer que la tienen.

¿Somos manejados como los títeres un domingo por la mañana en el parque o somos nosotros los que movemos esos hilos invisibles?

Era imprescindible que alguien solicitara esa prueba más exhaustiva y también lo era ver qué reacción había cuando se enteraran de ese movimiento.

No importa el tiempo o el espacio, el hombre siempre se las arregla para ser enemigo de sí mismo. No es nada original para provocar sufrimiento.

Por otro lado tenemos al cuarto heredero, al que el silencio lo acusa, lo señala.

Y para terminar, un nuevo personaje, José Luis Pau. ¿Quién carajo es?

De haber sabido todo esto antes le habría subido los honorarios al señor García.

***

Hay agujeros en el alma que no se encuentran en ningún mapa.

Verónica y Hugo repasan incansables los datos con los que cuentan.

—¿Si lo mataron los sobrinos fue por la herencia, por venganza, por ambas cosas?

—¿Y si no participaron todos? —pregunta Hugo—. ¿Y si fue uno de ellos y los otros lo están encubriendo? Sabemos poco, pero es muy curioso que no podamos descartarlos a estas alturas.

—La concha de su madre, estos pelotudos me tienen podrido.

—¿Cómo?

—Que me encantaría tener algo ya.

—Así sí.

A veces a Verónica le cuesta entender a Hugo, y no solo en el plano sentimental.

Quino entra en el despacho, no le gusta interrumpirlos cuando están intercambiando ideas, pero esta vez debe hacerlo.

—Chicos, ha muerto Raúl Sáez.

—¿Cómo ha sido?

—Un accidente de tráfico, aún no tengo detalles.

—Un sospechoso menos.

—Que hayas fallecido no te libra de haber sido un asesino.

***

La diferencia de cada actividad radica en el producto que podamos ofrecer. El resto es bastante parecido, disciplina, trabajo, ayudar a que la máquina siga produciendo más allá de los múltiples obstáculos que puedan ir apareciendo.

—Ha sido muy arriesgado, y más estando Velarde en todo esto. Supongo que ya sabrás que no se ha contentado con la teoría del fallo cardíaco.

—No te preocupes, hemos calculado el riesgo. Ahora tenemos que dejar que todo vuelva a su cauce. Que nadie sepa de nosotros por un tiempo.

***

Las fotografías que guardamos en ese equipaje que llevamos con nosotros tienen el valor de lo que no se puede comprar.

Quino se encuentra en el portal de su casa con el presidente de la comunidad. Suele ser un hola y adiós, mezclado con un agradecimiento infinito, pues hace quince años que ocupa el cargo.

—¿Se ha enterado de lo de Antón?

—No, ¿le ha pasado algo?

—Ayer por la tarde se encontraba mal, lo llevaron al hospital, parece que está fuera de peligro.

Vaya racha, pensó Quino. Otra vez los «para siempre» son una burla de la vida, se dijo, y después se entristeció como si hubiera sido su corazón el que hubiera estado a punto de partirse.

***

Arden todos los edificios de la ciudad menos aquel que no está en la ciudad.

Quino se tumba, la memoria ya no es de fuego, las palabras giran sobre sí mismas para caer exactamente sobre ese suspiro ciego.

—Volvió a pasar cerca. Yo que creía que con lo del doctor Menassa ya había aceptado que todos vamos a morir... y me contaron que el portero de mi casa estuvo a punto de comenzar viaje. No lo entiendo, no lo entiendo. Si ya lo había incorporado eso de ser mortal. ¿Por qué fue tan difícil para mí esa noticia?

—No tenemos representación de nuestra propia muerte, pero sí de la de los demás.

—¿Y eso qué significa?

—¿Ah... como usted una vez dio un beso de amor, a partir de ese momento siempre sabrá cómo son? ¿Es eso?

—No, pero...

—Continuamos la próxima.

***

La firmeza del suelo hay veces que tiene el tacto de las mareas al anochecer.

Quino escucha «Óleo de mujer con sombrero», de Silvio Rodríguez. Se sienta y escribe.

> *Un golpe tras otro, así siento el cuerpo, el alma.*
>
> *La investigación mirando al precipicio desde una montaña que ha dejado las nubes atrás. La vida con esa risa irónica que me vuelve a preguntar por la fortaleza. Y yo intentando esquivar la derrota que juega entre mis pies, ofreciéndome como alternativa el desconsuelo.*
>
> *Me doy cuenta, me doy cuenta, soy un personaje a punto de morir o matar.*
>
> *Tengo la mirada abandonada en un canto caído al color.*
>
> *La realidad tiene que ver más con las ciudades extranjeras donde amanezco.*

¿Matar o morir había dicho?

Las sirenas se están apagando, los incendios cierran las vías de escape, si no hay un verso que me tome de la mano es que el telón armado de huesos desnudos es la única sombra donde podré cobijarme.

¿Matar o morir?

Vivir, muchacho, vivir.

***

Mis sentidos me engañan y ese engaño tampoco es real.

Si lo que hemos encontrado parece tan normal, tendremos que dudar, pues nadie es tan perfecto, salvo que eso sea lo que marque el guion. Mañana nos vemos a las cinco en el despacho.

Este es el mensaje que Verónica y Hugo reciben en sus móviles y que a ambos los llevará a dormirse muy tarde.

***

Ya conocí la esperanza devorada por las serpientes y decidí volar.

Quino golpea dos veces la puerta de la habitación trescientos siete, espera, hasta que escucha un «Adelante».

Antón lleva un elegante pijama azul hospital, de esos que en un principio parece que se quedaron sin tela para terminarlos y que con el paso de los días te das cuenta de su lógica. Tiene puestas las vías como un cordón que lo ata a tierra.

Al ver a su espadachín poético, siente alegría, sorpresa y agradecimiento.

—No hacía falta que montara este numerito, con decir que se rendía y que cada vez le es más difícil acertar los versos que le traigo era suficiente.

—Lo he hecho porque en la comunidad no me dan un día libre. No había otra manera de tomarme un descanso.

—Veo que se va recuperando —dijo Quino apretándole la mano.

—Ha sido un susto grande, pero ya estoy mejor. Un arreglo de chapa y pintura y a seguir dando guerra y ponerle las cosas difíciles, no de fútbol, porque ahí poco puede decirme.

—No se preocupe, le dejaré ventaja las primeras veces.

—Es suficiente con que me ayude a ducharme. Me toca ahora y no hay nadie más aquí.

—Joder, Antón, veo que no ha perdido el sentido del humor.

Ambos sienten que la vida empieza a esconder las garras.

***

Madrid podría deletrear el nombre de cada una de las almas que conviven en ella, pero no lo hace. Se pone a su lado y escucha el sonido de sus vidas.

—¿Alguna novedad? —pregunta Quino.

—Por ahora ninguna.

—Nos veo en ese punto donde parece que el cuerpo te pide rendirte cuando en realidad te está gritando «vas bien».

—¿Qué podemos hacer? —dice Hugo.

—Quiero que entrevistemos a los hermanos de a dos, llamadlos y que vengan antes de que decidan hacer una escapada de última hora. Primero Jorge con Pedro y después él con Julieta. Muy seguidos, no quiero que hablen entre ellos.

—¿Y Pau?

—Yo me encargo. Ya os avisaré, creo que será antes de lo que pensamos.

—¿En serio crees que vamos por buen camino? —le dice Verónica.

—No quiero preguntas para bajar los brazos. Un boxeador sin guardia es como una casa sin techo, cuando caen los golpes y la lluvia ya se sabe que algo no va a ir bien.

***

La ingenuidad es como una traición, te deja una sensación amarga, te dibuja en el rostro una avenida sin calles ni coches, llena de atropellos.

Los tres hermanos están otra vez en el despacho del gerente. No saben por qué les han llamado, pero a ninguno se le ha ocurrido no ir a la cita.

—Buenas tardes, les he pedido que vinieran porque se han dado algunos cambios en el testamento de su tío.

—¿Ya disponemos de nuestro dinero? —pregunta Pedro, mostrando su impaciencia habitual.

—¡Cállate ¡Por una vez deja hablar a la gente! —le ordena Julieta.

—Si me lo permiten paso a explicarles la nueva situación. Aún no se puede hacer el reparto, dado que el señor Quino Velarde no ha entregado su informe. Cuando lo haga daremos el siguiente paso pautado.

»Me explico, hay algo que ustedes no sabían, y es que los posibles herederos eran cuatro y no tres. Lo que sucede es que Raúl Sáez, que era el otro, ha fallecido, por lo tanto, hay un nombre menos en la ecuación.

—¿Sáez? Pero no era familia. Tiene que haber un error. ¿Lo había nombrado en el testamento? No puede ser —dice Jorge asombrado.

—¿De qué está hablando? —insiste Pedro.

—No les puedo decir nada más.

—Gracias por la información —dijo Julieta—. Esperemos que termine esta pesadilla cuanto antes. ¿Le importa dejarnos cinco minutos a solas para asimilar las nuevas noticias?

—Por supuesto, si me necesitan ya saben dónde estoy.

Pedro y Jorge miran al suelo como si hubieran recibido una reprimenda o estuvieran a punto de recibirla.

—Ni un colegio os contrataría para su obra de Navidad. Por favor, tranquilos, y cuanto menos habléis, mejor. ¿OK?

***

Esa colección de hechos repetidos puede dejar huellas o no tener historia.

—Luisa, Luisa, despierta, son ya las siete y media. A las ocho llevo al pequeño al colegio y os vengo a buscar. A las nueve os dejo en el hospital para la revisión de la niña.

—Me acosté tardísimo, cariño, déjame dormir un poco más. ¿No has oído hablar de la conciliación familiar?

—¿Y tú has oído hablar de «otra vez llega tarde Martínez»? Anda, date una ducha, que te vendrá bien.

***

Un *tal vez* sostenido en el equilibrio de una pregunta.

—¿Qué tal el día, Javier? —le dice Verónica.

—Sin muchas novedades. Parece que todo está en orden. Dicen que tendremos un cliente muy importante, por lo que eso nos asegura al menos un año más de trabajo. Si mañana nos lo confirman iremos a celebrarlo con los compañeros.

—Ríos de cerveza sin alcohol y enemigos de la sal. Y eso que el mayor no pasa de treinta y cinco.

—¿Un mal día en la oficina?

—Perdóname, estoy algo cansada. Por supuesto que iré con vosotros.

***

Vocales de mimbre para ese escudo de acero que puede romperse, sabiendo que la verdadera fuerza reside en aprender a cuidarlo.

Silvia toma un poco de café y sigue conversando con Quino.

—Estoy contenta y triste a la vez. He terminado de leer *Los miserables*, qué bien escribía el tipo, cómo te cuenta las aventuras, qué manera tan poética de decir. ¿No te pasa que cuando encuentras un libro que te encanta por una parte no puedes parar de leer y por otra no quieres que se acabe?

—¿Cuándo fue la última vez que te ocurrió algo así?

—Con *Cien años de soledad.*

—¿Ves?, te volverá a pasar.

—Sí, ya lo sé. Es como una unión perfecta y cuando sucede te sientes agradecida de estar viviéndolo.

—Qué bien explicado. ¿No has pensado en escribir?

—Tú me quieres mucho —le responde ella contenta.

—Sí, te quiero leer.

***

La muerte viene, nos mira y se va, charla un rato con nosotros y se va, se acerca y un día se queda.

—Acuéstalos tú, por favor —le dice Luisa a su marido—. Ya sabes, la última vez no fue nada y la mandaron para su casa, pero la anterior estuvo un mes ingresada.

—Yo me encargo, no te preocupes. Tu madre es una luchadora, ya verás como no es nada.

***

Hugo ve a lo lejos cómo su amigo está hablando con unos jóvenes y decide esperar a que se marchen para acercarse.

—Hola, Tony.

—Argento, bienvenido. Estaba con unos chavales que cada tanto vienen a verme, me traen algo de comida, alguna manta. La verdad es que no lo necesito, pero como son buena gente les miento un poco. Quieren salvarme no sé de qué. No pueden ni imaginarse que he elegido esta manera de vivir. ¿Cómo vas?

—He tenido tiempos mejores.

—Como buen argentino, sabes que el partido no termina hasta el pitido final, ¿verdad?

—En eso estoy, capo, en eso estoy.

—¿Alguna novedad? Se nos están acumulando los muertos.

—Ah, como la vida misma para el que sobrevive —le dice Tony—. Por no hablar de tu mal de amores.

—¿Vos decís?

—Se te ve venir antes de que dobles la esquina. Hueles a campo quemado. ¿Vas a hacer algo?

—¿Con qué?

—Con la hipoteca de mi casa, no te jode. A veces eres más antiguo que el mediodía. Solo pierdes cuando te rindes. ¿Me oyes? Hoy no me invites a nada. No quiero contagiarme de esa alegría.

***

Quizá no se buscan respuestas y sí una manera de comenzar.

—¿Cómo va eso, Gómez?

—Con energía, aunque algo cansado. Han llegado varios policías nuevos y tenemos que hacer que se olviden de la teoría y enseñarles de qué va esto. ¿Y tú?

—Ya sabes, metido en el caso. Para «desconectar» esta vez te he traído yo una historia.

—Tomemos un poco de Arzuaga antes de que me la cuentes.

—Mira, el 21 de agosto aparecieron dos noticias en el diario, una en la sección de sociedad: «Un alto cargo de la naviera Folks se encuentra desaparecido junto con un empresario tecnológico más sus seis acompañantes, después de que el yate en el que se encontraban se hundiera frente a la costa de Sicilia». Al tiempo los encontraron a todos muertos. La otra en la sección de sucesos: «Nadie reclama el cuerpo del británico fallecido en una caravana en Jaén».

»Sucesos de verano que despertaban nuestra imaginación, nos hacían estar algo más entretenidos en la playa y luego lo olvidábamos con el periódico del día siguiente.

»He seguido los acontecimientos, supongo que por deformación profesional, y resulta que estaban relacionados. El cadáver anónimo era de un multimillonario que pasaba su tiempo libre como un turista más en los *campings* andaluces. Socio de los pasajeros del yate. Hace poco habían hecho un gran negocio con diamantes africanos, pero se pasaron de listos, creyeron que podían estafar a su contacto y por lo tanto también a quien les consiguió las piezas a buen precio. Creían que podían jugar en la primera división, cuando no habían ni llevado las botellas de agua en la tercera regional de ese turbio mundo. Se querían quedar con «el botín» sin dar un euro a cambio. Se fueron de vacaciones y al segundo día se terminó todo. Un golpe mortal a su ego.

—De película.

—Una de esas que dan al mediodía, basada en hechos reales.

—Las malas compañías son peligrosas, Quino.

—No sé cómo hacer para que no vengas a verme.

—La verdad, si no cocinaras tan bien te sería más sencillo.

***

Leer un verso verdadero es una de las mejores maneras que se conocen para que la realidad no se parezca tanto a lo que se escucha por ahí.

—Déjame hablar a mí.

Los dos entraron en el despacho donde los esperaban Pedro y Jorge. Cuando los ven pasar, ambos recuerdan la última vez que estuvieron frente a ellos. Quino se dio cuenta.

Sus cuerpos tomaron vida propia y sin quererlo sus músculos se pusieron rígidos, formando algo parecido a una armadura.

—Gracias por venir. ¿Quieren tomar algo?

—Agua, por favor.

Se dio la vuelta, se dirigió a la estantería, tomó una botella y dos vasos. De espaldas preguntó:

—¿Qué ganaban con su tío muerto?

Solo un segundo fue necesario para que Pedro quisiera volver a ser Pedro, pero recordó las palabras de su hermana y aquel volcán se transformó en un castillo de arena.

***

Se necesita mucha valentía para seguir cuando algunos de los cristales de aquel golpe se te clavan en la planta de los pies y en la garganta.

Verónica vuelve a demostrar por qué confían tanto en ella. No podía parar de anotar en su libreta todo lo que iba descubriendo desde su segundo hogar, aquel mundo virtual.

—Lo tenían todo preparado. Esto lo tiene que saber Quino ya mismo.

***

Nuestra memoria no siempre es nuestra.

A Jorge el temblor le hizo callar, bajar la cabeza y parecer culpable.

Pedro deletreaba la palabra *calma* en cada respiración, que Hugo y su recuerdo estuvieran allí le ayudaba a parecer tranquilo.

—Le han informado mal. Nosotros no hemos matado a nadie. Es cierto que no teníamos una buena relación, pero de ahí a matarlo hay mucho.

—Creo que no me han entendido. No les he preguntado si lo habían hecho ustedes, sino qué ganaban con su muerte.

—¿Usted qué dice, joven? —dijo, señalando a aquel hombre que parecía un papel olvidado jugando entre las manos del atardecer.

—Supongo que dinero.

—¿Cómo explican que su hermana se intentara colar en la casa de su tío unas semanas antes de su muerte?

—No creo que hiciera eso, y si lo hizo deben preguntárselo a ella.

—¿Están incómodos?

Quino miró el teléfono, lo estaba llamando Verónica.

—Un segundo, ahora vengo, tengo que contestar.

***

El punto final estira sus brazos sobre lo escrito.

Quino hablaba por teléfono con Verónica.

—No te entiendo, habla más despacio, por favor.

—¿Nunca te has preguntado por qué se calienta el *router* de tu casa? ¿Supongo que ni sabes lo que es? Multiplica eso por un servidor que dé cobertura a miles de personas, ¿cómo haces para vigilar su temperatura?

—¿Para eso me llamas? ¿Para darme una clase de internet?

—Escucha, los llevan al fondo del mar, con el agua pueden olvidarse de las altas temperaturas. Francisco García estaba a punto de cerrar un contrato para construir los componentes del sistema de fijación del ensamblaje en el fondo del océano. ¿Sabes el dinero que comporta eso? Pero nada es gratuito y para conseguirlo debía hacer un ejercicio de buena voluntad. Había puesto cinco millones de euros y le restaba un segundo pago por la misma cantidad. Eso no debía pasar por ningún banco, no podía quedar registrado. ¿Sabes quién lo iba a llevar? Los tres hermanos, y además tenían un billete solo de ida desde Suiza a Uruguay. Creo que no querían matarlo, sino robarle.

***

Quino volvió después de hablar con Verónica y les dijo a Jorge y Pedro que salieran e hicieran pasar a su hermana.

—Preferiríamos quedarnos, si no le importa.

—Preferiría que no estén presentes, si no les importa.

Se fueron del despacho con una sensación de abandono, de segundo lugar, e hicieron lo que les habían ordenado.

—¿Era necesario? —preguntó ella.

—Aún no lo sé.

—Hice lo que me pidió. Estamos colaborando, creo que merecemos un trato más amable por su parte.

—Se lo agradezco mucho, pero le rogaría que no intente enseñarme a hacer mi trabajo. ¿Quiere tomar algo?

Julieta miró a su alrededor como para reconocer el campo de juego, luego contestó.

—Es muy amable, nada por ahora.

—Muy bien, puede marcharse.

Ambos se movían con agilidad en ese *ring* de palabras. Sabían más de lo que parecía y ninguno quería cometer un error mientras seguían estudiándose.

***

Vivir es complejo, el enigma no tiene solución, ese puede ser un punto de partida.

Quino está tumbado en el diván. La única certeza es que no hay certezas, por eso vuelve a ese lugar donde deja de parecerse a sí mismo.

—Lo escucho.

—Estuve muy enfadado, sobrepasado, nada me venía bien.

—¿Con quién estaba enfadado?

—Estuve enfadado con Menassa por haberse muerto, me mintió, me dijo que viviría ciento veinte años. Estoy triste, no puedo ver sus vídeos recitando o dando clases, aunque sí puedo leerlo. ¿Sabe una cosa? Es uno de los pocos autores que conozco que después de navegar sus páginas te dan ganas de ir a escribir. Tantas veces me ayudó. Me duele, me duele mucho que no esté.

—Es posible que sea su obra la que viva más allá de ciento veinte años, ¿no cree?

Quino calló con todo su cuerpo.

—Continuamos la próxima.

***

Algo se repite en nosotros y cuando creemos saber es otra cosa.

—Fui a visitar a Antón al hospital —le dice Silvia para comenzar la conversación.

—¿Lo has visto bien?

—Está mejor. Ha perdido un par de kilos, le han dicho que deberá hacer algo de deporte, tener otros hábitos alimenticios...

—¿Supongo que también elegir nuevo equipo de fútbol?

—No digas tonterías. Llegamos a una edad donde o cambiamos o nos obligan a cambiar. Por cierto, me pidió que te diga literalmente que, si no sabes de quiénes son los últimos versos que te dio ese pobre moribundo, lo entiende y buscará otro rival.

***

Cada uno construye su propia cárcel.

Mientras Verónica habla, Hugo la mira y quizá se dé cuenta de que la ama, pero no le dice nada, bastante daño le hizo la última vez al marcharse; además, tiene pareja, no quiere arriesgarse a romperlo todo otra vez.

Mientras Verónica habla, mira a Hugo y quiere escapar de las preguntas que aún no se ha atrevido a pronunciar. Tiene dudas, ella ahora está bien, pero cada vez que llega a la oficina se pone nerviosa. Él ya se fue una vez, Javier sin embargo siempre ha estado allí, pero no se trata de quién ocupa más tiempo los lugares, sino de cómo.

El amor tiene sus tiempos, lo que a veces parece una cobardía puede ser saber esperar el momento para pasear por sus grandes avenidas.

Y si realmente es un acto tibio, sin fuerza, es que tal vez era otra cosa.

***

Quien sea capaz de fijarse en los detalles será alguien en quien puedas confiar.

Quino subió las escaleras, abrió la puerta de su despacho y se encontró con un tipo flaco como un día largo, de esos llenos de problemas de los que nada quieres saber, en los que no te das cuenta de lo agotado que estás hasta que termina, con una mirada afilada por el paso de los años, de gesto amable, de un *tal vez* duro, de un *quizás* conciliador, decidido, de seda y acero.

—Permíteme que me presente.

Sin dejar que la siguiente frase llegase a sus labios, Quino fue rápido y directo.

—Usted es José Luis Pau. Que sea la última vez que entra aquí sin que alguien de mi equipo o yo mismo lo hayamos invitado a pasar. Ahora márchese, estas no son formas de comenzar nada.

***

Hagan juego.

Ambos sentados frente a frente, con un ajedrez invisible que hace de frontera entre ellos.

—Una parte de la economía española está parada, esperando que resuelva la muerte de Francisco García. Hasta que no les ofrezca una solución, el testamento no quedará abierto y no se pondrá en funcionamiento la maquinaria para dejar fuera a esos tres peleles y que sea gente de nuestra confianza la que dirija la empresa.

—No puedo darle ninguna información al respecto, pero le agradezco el aviso. Intentaremos concluir la investigación lo antes posible.

—No queremos saber nada de su trabajo, he venido a ofrecerle nuestra ayuda. La vida es injusta, las instituciones se protegen a sí mismas para sobrevivir, toman algunas decisiones difíciles, pero que analizadas con distancia tienen sentido, nunca a favor de nadie más que de ellas.

»El problema es que hay gente que no ve quién es su enemigo hasta que siente un frío polar en todos sus músculos. Cuando se dan cuenta, ese «ente» es tan gigantesco que por lo general no hay partida ya antes de comenzar.

—Me recuerda usted a un político, dice y no dice. ¿Qué quiere de nosotros? —pregunta Quino.

—Nada. Simplemente echarles una mano. Todos los implicados son pequeños muñecos que pueden bailar al son de nuestra música, solo usted puede ayudarlos, y ellos aún no lo saben. ¿Por qué cree que le gusta tanto la poesía? Es un camino de libertad.

—Juega con ventaja, parece saber mucho de mí y yo nada de usted.

—No me tome por tonto, Sr. Velarde. Ya sé que ha estado preguntando. Desde que el comisario Gómez le dijo mi nombre ha investigado, con mucho cuidado, es cierto, se ha interesado por saber quién estaba detrás.

—¿Y qué es lo que he descubierto?

—Es evidente que usted es una persona inteligente.

—El halago debilita.

—Y la falta de información también. Hay varias maneras de resolver este asunto, me gustaría que encontráramos la más adecuada para todos. Una en la que nadie esté contento del todo.

—Sigue diciendo sin decir.

—¿Nos permite cierta colaboración?

—¿Qué quieren a cambio?

—Nada, que la empresa del Sr. García continúe creciendo y trayendo riqueza al país. Para que vea que estoy de su parte le diré algo que aún no sabe, ya se ha hecho esa prueba que con su diligencia habitual había solicitado, y estaba en lo cierto, Francisco García fue envenenado.

***

Lo mismo, pero de manera diferente.

—Verónica, Hugo, quiero que investiguéis el entramado empresarial de nuestro cliente. ¿Cuál era exactamente ese negocio a punto de cerrarse? ¿Con quién iba a pactar para llevarlo adelante? ¿En el último mes hubo algún movimiento extraño de personal? ¿Estaba en sus planes alguna absorción, fusión, ampliación de capital? Cuando veáis algo extraño me lo contáis enseguida, eso es lo que estamos buscando.

—¿Y el tema del robo de los tres hermanos?

—No lo olvido, pero lo dejamos para un poco más adelante.

***

Quino escucha «Cadáver exquisito» de Fito Páez. Se sienta y escribe.

Necesito a todo el mundo nervioso, que nadie entienda los pasos que estoy dando. Es importante que Hugo y Verónica no sepan del todo, pues su verdad en lo que hacen es determinante en este momento.

Pau ya me ha dejado claro qué tipo de persona es. Lejos, lejos, sin más remedio, es donde mejor puede estar.

¿Quién eres? Aún no te conozco, pero estás tan cerca...

Estoy a punto de mirar directamente a los ojos de la bestia.

***

Los planes inesperados son lo que sentimos más lejos, pues no pudimos imaginarlos con nuestro prepotente control y a su vez son los que más disfrutamos porque nos recuerdan que estamos vivos.

—Aunque te parezca mentira estaba pensando en la amistad —dijo Quino.

—¿Y por qué no te iba a creer?

—Porque incluso a mí me sorprende que con todo el lío que tenemos con el caso ahora me dedique a mis amigos.

—Algo tendrá que ver. No te hagas el original —le contestó Silvia.

—Otra vez aciertas. Gómez fue el primero que me habló de Pau, aunque no me contó mucho. Estoy seguro de que no fue algo casual. Le pidieron que lo hiciera.

—¿Y? ¿Adónde quieres llegar?

—Puedo pensar que cuando vino no lo hizo solo como amigo.

—Quino, por favor, abre otra botella de vino, la necesitas, estás paranoico. Nunca te traicionaría.

—Lo sé, pero...

—¿Quizás tengas que preguntárselo?

—O quizás pueda utilizar yo también ese nuevo canal de comunicación.

—No merece la pena mezclar las cosas. Hay que aprender a querer a los otros tal cual son, diferentes a uno mismo. Tantos años juntos... quiere decir que ambos sois importantes el uno para el otro. Él sabía que te darías cuenta y aun así tomó la decisión de participar de eso.

»Tranqui, Quino, a veces toca ser más grande, a veces más chico, es parte de la vida. Creo que tienes que tomar distancia y darte cuenta de que en la balanza la amistad gana cualquier batalla.

***

Madrid tiene los pómulos rosados, esa tarde porta un brillo de contradicción, ciudad grande y acogedora.

—Si me muero ya no podré venir a sesión —dijo Quino.

—No se preocupe, le daría su horario a otro paciente.

—Soy mortal. ¿De eso quiere que me dé cuenta? ¿Eso me va a curar?

—Le di el alta hace varios años, si sigue viniendo es por otra cosa, no para curarse.

—¿No me da un abrazo, no me hace una fiesta?

—Me hizo recordar a mi abuela. Murió con noventa y cuatro años. Dos días antes de fallecer nos pidió que llamáramos a la peluquera.

—No entiendo lo que me quiere decir.

—Continuamos la próxima.

***

Quino escucha la banda sonora de *Cinema Paradiso* de Ennio Morricone. Se sienta y escribe:

> *No me gusta la sensación de sentirme vigilado. De saber que hay alguien pendiente de nuestros movimientos. Aunque reconozco que en esta ocasión fue muy ingenuo por mi parte no haberlo calculado.*
>
> *Pau dice que quiere ayudarnos, cuando es evidente que un tipo así solo protege sus intereses. ¿Por qué le conviene que llegue a buen puerto nuestra investigación? ¿O tal vez quiere dirigirnos a algún lugar en concreto?*

No creo que haya nadie que le esté pasando información desde dentro, pero sí parece que se fija en qué dirección nos movemos.

Es decir que, si el viento puede traer olor a tierra mojada después de la lluvia, también puede transportar ceniza.

***

Es como un tiempo diferente el que se desliza en los pasillos del hospital, a veces tiene las alas cortadas, a veces se abre como si quisiera ser la luz de la mañana.

—Ya le queda poco —le dijo Quino a Antón.

—Vaya manera de expresarlo. Cualquiera que le oiga le preguntaría si puede participar en la corona de flores. Mañana me dan el alta. ¿Nadie le dijo nunca que tiene una manera curiosa de decir las cosas?

—Perdón, no quería ofenderle. Es que...

—Tranquilo, solo era para ver la cara que ponía.

—¿No le podrían dar algún tratamiento para esa tontería crónica que tiene?

—Dude de aquel que nunca se ríe.

—Voy a hablar con su médico, creo que estamos a tiempo de extirpar lo que le provoca la pérdida de neuronas. Pero antes... «¿Por qué están hechos nuestros ojos para llorar y para ver?». Es de León Felipe. ¿Qué le parece? ¿Se ha quedado impresionado una vez más? El próximo se lo digo cuando nos veamos en casa.

—Quino, gracias por estar.

Los dos hombres dejaron dormidas sus lenguas de fuego y se abrazaron, contentos de poder vivir ese momento.

***

Aprender un oficio y olvidarlo para que sus leyes sean las que te guíen en el quehacer cotidiano.

En ese momento cada uno ocupa su lugar y todo aquello que no tiene que ver con la tarea queda fuera. Después se deshacen las estanterías para poder volver a ellas cuando corresponda.

—Me gustaría que fueras a ver a Tony para preguntarle por los tres hermanos. Si ha escuchado algo nuevo de ellos que nos pueda ayudar o si recuerda algún dato que se le olvidara contarnos, aunque le parezca una tontería. ¿Puede ser?

—Sí, por supuesto. Tranquilo, mañana me acerco a verlo.

—Gracias —dijo Quino con aire de punto y final.

—¿El sábado nos vemos en Miraflores? ¿Te acordás que es el fin de semana de las setas? —lo interrogó Hugo a manera de recordatorio.

—Cuenta conmigo. Por un amigo lo que sea.

—Y por unos *boletus* también, ¿no?

—Para una vez que no me invitas a comer carne.

—Se dispara el boludómetro, Quino.

***

En algunos casos el orden y el desorden son casi simultáneos.

—No, mamá, este fin de semana no podré ir a veros. Tenemos que recuperar los partidos que se suspendieron el sábado pasado por la lluvia, más jugar los que nos tocaban ahora. Y Juan está de viaje, por lo que es imposible hacer las dos cosas.

—¿Otra vez se marcha?

—No digas eso, que cuando está aquí bien que se ocupa de las cosas. El próximo domingo nos juntamos, no prepares nada, ya lo llevamos nosotros. Te dejo, que el niño lleva ya media hora en la ducha. Un beso.

Luisa cuelga el teléfono, se inventa las fuerzas que no tiene y sigue atendiendo a su familia.

***

Hay veces que se dan reencuentros cuando no hubo una despedida previa, aunque ambos sintieran que sí se había producido.

—¿Qué tienes hoy? —preguntó Gómez, con la ilusión de un niño.

—Pasta fresca con pesto. Todo casero.

—Brutal, Quino. ¿Pero qué ha pasado? No hacía falta tanto.

—Te lo mereces. ¿Con qué vino vamos a regarlo?

—Con un rioja, traído directamente de una pequeña bodega. Les suministra la uva a las grandes marcas y deja una parte para producir sus propias botellas, además te traje un regalo. Una historia.

—¿Cuál?

—¿Tú sabías que Pasolini y Bertolucci en un momento de su vida estaban distanciados? Para intentar acercarlos, Laura Brett, amiga de ambos, que estaba muy al tanto de que eran unos enamorados del fútbol, decidió organizar un partido entre los integrantes de los rodajes en los que estaban inmersos los dos directores, *Saló o los 120 días de Saloma* (Pasolini) y *Novecento* (Bertolucci).

»Ambos aceptaron y se produjo el encuentro. Dice la leyenda que en esos días casualmente se contrató para *Novecento* a nuevos figurantes, uno de ellos era Carlo Ancelotti.

—Genial. Amigo, hoy la cosa va de Italia, es como si me hubieras leído el pensamiento.

—Estamos conectados.

—Como si fuéramos hermanos —contestó Quino—. A propósito, ¿sabes algo nuevo de los sobrinos de Francisco García?

—En el momento en que me entere de algo y te lo pueda decir, no dudes que lo haré. ¿Puedo comer un poco más? Está espectacular.

—Aquí no se pide permiso, en todo caso perdón, y no hay nada que perdonar, por lo que acerca el plato. Nuestro partido no lo perdió nadie.

—Cualquier día de estos me vengo a vivir contigo.

—Cualquier día de estos cambio la cerradura de mi casa.

—Salud.

—Salud.

Y la vida, compleja y sin sentido, como ella misma lo es, vuelve a lanzar hilos de algodón y acero que unen a esos dos hombres, a esos versos que hablan sobre grandes recuerdos.

***

Aunque haya varias posibilidades, solo hay un camino y es el que decidimos tomar.

Quino y Verónica conversan en la cocina del despacho, la mesa no es como la de antes, llena de papeles en lugar del mantel, ahora hay una *tablet* con casi todas las respuestas.

La mirada del que viene de otras maneras de hacer puede adaptarse y crecer con lo nuevo o puede perder la batalla cambiando jirones de la piel por volcanes sin vacío.

—La empresa matriz de Francisco García estaba a punto de firmar un acuerdo con uno de sus competidores más potentes para dar un salto internacional. Unos meses después de la fusión, España sería con suerte solo un domicilio social para ellos.

»Pero todo quedó paralizado con su muerte. Lo que no entiendo es cómo, si siempre estaba planeando nuevos proyectos para el futuro, a su vez quiso contratarnos.

—Éramos un plan B, un imposible que había que tener preparado. Nunca creyó que alguien acabaría con su vida. Pero esa clase de personas con los años aprenden que la sorpresa forma parte del juego y la tienen en cuenta. ¿Quién sabía que ese negocio estaba en marcha? Investiga un poco más sobre eso.

—Pero...

—Por favor, Verónica —le pidió Quino, mitad orden, mitad ruego, mitad estrategia.

***

Quino lee *Poeta en Nueva York* de Federico García Lorca. Llaman a la puerta de su casa, es un mensajero, trae un sobre del tamaño de un folio y del grosor de un «buenos días».

—Estás impaciente, Pau, te ha puesto nervioso que volviéramos sobre los sobrinos, tú sabes tan bien como yo que no fueron ellos, por eso me envías este regalo, nos necesitas más tú a nosotros que nosotros a ti —dice Quino en voz alta con una leve sonrisa en el rostro.

***

Hay silencios que hacen daño, silencios convenientes, silencios inexplicables, tímidos, valientes, que se caen; silencios como una máscara, como un barco que rompe la niebla.

Luisa repasa mentalmente una vez más cómo ha dejado todo en su casa y se siente tranquila. Entra su jefe, mientras ella toma agua y se dispone a escuchar.

—Experta en medicina, infarto de miocardio; experimentada mecánica, fallo del sistema de frenos en el momento oportuno. Dos acciones impecables. No dejas de sorprenderme.

—Yo no diría tanto. Digamos que en ciertos trabajos es conveniente saber un poco de todo, pero son dos clásicos, no te creas que he inventado la pólvora.

—Ya, pero la manera de llevarlos a cabo es lo que te diferencia, eres nuestro mejor activo. Entras y sales sin que nadie se dé cuenta, ejecutas las órdenes de manera aséptica, parece que nunca has estado allí donde te pidieron que fueras. Tienes una obsesión por que todo quede limpio y ordenado cuando te vas. Y la guinda del pastel, tu vida diaria. Nadie se podría imaginar a qué te dedicas.

»¿Sabes?, hace tiempo que algunos compañeros del gremio, de otros países de Europa, me preguntan por alguien de tus características. Si viene de fuera, es más complicado seguirle la pista. Por supuesto cobrarías dietas y una tarifa superior, si quieres entre un trabajo y otro dejaríamos más tiempo.

—Es cuestión de organizarse. En unos días te doy una respuesta. De todas formas, te agradezco la oferta.

***

Sin embargo, ahora lo sé, nunca estuvimos solos.

—Primero quiero pediros perdón y daros algunas explicaciones —les dice Quino, dispuesto a sumergirse en esa conversación imprescindible.

—¿Y eso? —pregunta Verónica.

—Os dije a ambos que investigarais a los sobrinos, sabiendo que eso no iría muy lejos, sabiendo que ellos no mataron a su tío; como habíais dicho, solo querían robarle. Pretendían vengarse de él, gastando aquello que más quería, su dinero.

»Era necesario que vosotros lo hicierais. Quería mover el avispero. Y lo conseguimos. Ayer nos llegó un sobre con la documentación que hacía falta para cerrar el caso. Más o menos sabía qué había sucedido, pero era muy difícil probarlo.

»Raúl Sáez tenía grandes deudas de juego, como no podía ser de otra manera, con la gente inapropiada. Desesperado, les dijo que en breve se cerraría una fusión que haría que su jefe ganara cantidades ingentes de dinero y que dado que él era el número dos su parte no se quedaría atrás. Para darle más fuerza a su proposición les contó que Francisco García lo había incluido en su testamento y eso no lo hacía nadie, salvo que se confiara mucho en una persona.

»Esa información en manos de alguien sin escrúpulos no auguraba un buen final. La oferta que le hicieron, sin que en un principio lo supiera, fue convertirlo en un rico heredero para que pudiera cumplir con sus compromisos, sabiendo que contraería otros. Y dada su nueva posición podría ir haciéndose cargo con mayor facilidad.

»Pero no contaban con que el viejo, que ya había ido y venido varias veces, antes de que se inventara la luz, dudaba de aquellos que tenía cerca y por lo que pudiera pasar decidió contratarnos.

»Lo mataron, pero el trato quedó en el aire y no hubo herencia de la manera tan rápida en la que todos habían pensado, por lo que nunca pudo pagar. Habían perdido dinero y no podían perder también prestigio, que es la base de sus acuerdos. Por eso respondieron según sus códigos y asesinaron también a Sáez.

»Gómez tiene ya toda la información, nosotros hemos cumplido, cuando la policía concrete quién fue, se lo dirán al gerente y pondremos el cartel de «libres» en la oficina.

***

Detrás de cada latido hay una puerta y detrás de cada puerta se abre paso la vida.

—Estoy contento, casi hemos terminado el caso que veníamos investigando y esta vez no hemos tenido que engañar al destino.

—¿Tal vez hoy no quería venir?

—No le diré en voz alta que la muerte de Menassa sigue doliendo, pero de otra manera. No le diré que quizá haya comprendido que no hay escapatoria y que la parca siempre termina por señalarnos. Tampoco le diré que vivir no es tarea fácil ni difícil.

—Parece que no está el *dire*, pero sí sus escritos.

Quino, emocionado, desprotegido, después de unos minutos que le parecieron años pudo decir:

—¿Esto es un silencio insuperable?

—Bueno, tal vez una puntuación del alma. ¿Continuamos la próxima?

AGRADECIMIENTOS

Sin otros no hay camino posible.

Al «equipo creativo», Carol y Javi, por su trabajo, su generosidad y su presencia.

A Chi Ho, por su sonrisa frente a mi deseo, por leer y decir.

A Gracia por su manera de sobrevolar las palabras.

Este libro se terminó de editar en Granada
en diciembre de 2025 por

Aliarediciones

www.aliarediciones.es

info@aliarediciones.es